継続捜査ゼミ

今野 敏

Konno Bin

講談社

継続捜査ゼミ

装幀　岡 孝治
写真提供　ピクスタ

1

「いやあ、こんなところに大学があったんですね」

安斎幸助《あんざいこうすけ》が汗を拭きながら言った。彼は、目黒《めぐろ》警察署の刑事組織犯罪対策課刑事総務係所属の巡査部長だ。

二十八歳の独身で、小早川一郎《こばやかわいちろう》が、「頼みがあるんで、ちょっと来てくれないか」と声をかけると、勤務中だというのに、喜んで飛んできた。

なにせ、ここは女子大だ。独身の安斎は、夢のような場所だと思っているに違いない。

小早川は、ここで四年目の初夏を迎えようとしている。

「みんな、そう言うんだよ。私も最初、そう思った」

「世田谷《せたがや》公園の裏手ですよね。自衛隊病院くらいしかないと思ってました」

「ここは不思議な一帯なんだ。防衛省が土地を持っていたり、公務員の住宅があったり……」

安斎は、なんだかそわそわしている。

まあ、無理もない。一歩この研究室を出れば、若い女性だらけなのだ。

狭いキャンパスで、学生数も少ないが、その分きめ細かい指導ができると、小早川は思っている。カトリック系の修道会が母体となった女子大で、語学には定評がある。就職率も悪くない。

「はあ、そうですよね。自分も目黒署勤務で、おとなりの所轄ですから、ある程度のことは知っています。三宿《みしゅく》女子大の名前も知っていました。でも、こんなところにあったなんて……」

安斎は同じような言葉を繰り返した。

小早川は言った。

「それで、資料は持ってきてくれたかね？」

「あ、持って来ました。でも、外部に出せる資料はそう多くはないので……。捜査資料はもちろん持ち出せませんし」

「それはわかっている」

「もしかしたら、図書館に行ったほうが、役に立つ資料が手に入るかもしれませんよ」

「警察から入手したということが大切なんだ。ハクがつくからな」

「なるほど……」

安斎は、革製の手提げカバンからいくつかのファイルを取り出した。小早川はそれらを受け取り、一つを開いてみた。

安斎が言った通り、小早川が見慣れた調書や録取書の類ではなく、新聞や雑誌の切り抜きが主だった。

それでも、色あせた切り抜きは、秘密めいた魅力があるように感じられた。

「助かる」

小早川は言った。「ゼミの役に立つと思う。礼を言うよ」

「いえ、いいんですよ。校長の頼みは断れません」

安斎が、初任科の研修を受けていたとき、小早川は警察学校の校長だった。それが警察での最後の仕事だった。

まさか、警察官一筋だった自分が教職にたずさわるとはな……。

小早川は、時折そんなことを思うが、それはやはり、警察学校の校長という経験が影響したのだと思う。

用は終わったし、礼もちゃんと言った。

にもかかわらず、安斎は席を立とうとしない。小早川は、おもむろに腕時計を見て言った。

「さて、そろそろゼミの学生がやってくるな……」

それでも安斎は帰ろうとはしなかった。

なるほど、そういうことか……。

小早川は、小さく溜《た》め息をついてから言った。

「ゼミの学生たちに会いたいのかね？」

安斎はとたんに、慌てた様子になった。

「あ、いや、別に会いたいというわけでは……」

「じゃあ、会いたくないのだな」

「その……。もし、何かもっと、お役に立てることがあれば、と思いまして……」

「そうだな。現職の警察官がいれば、学生たちもいつもより緊張感を持ってくれるかもしれない」

「みなさん、ここにいらっしゃるのですね？」

「そう。狭い研究室だが、ここが一番落ち着く」

ドアをノックする音が聞こえた。

小早川は、大きな声で言う。

「入りなさい」

ドアが開く。

「失礼します」

ああ、彼女が最初とは、安斎には刺激が強すぎるかもしれないと、小早川は思った。

最初にやってきたのは、瀬戸麻由美《せとまゆみ》だった。身長は百六十五センチだという。栗色の長い髪が美しいウェーブを描いている。

何より目立つのは、胸の大きさだ。彼女は、それを強調するような服装がお好みのようだ。さらに、スカートはいつもタイトミニだ。

案の定、安斎は目を丸くしている。

瀬戸麻由美は、安斎を一瞥《いちべつ》したが、軽く会釈《えしゃく》をしただけで、何者か尋《たず》ねようともしなかった。

研究室内には、楕円形《だえんけい》のテーブルがある。麻由美は、その定席に座る。楕円形のテーブルを時計に見立て、小早川の席を十二時としたとき、彼女は必ず十時の位置に座る。

再びノックの音。

小早川が入室をうながすと、安達蘭子《あだちらんこ》が姿を見せた。

百七十センチの長身で、いつもパンツ姿だ。ショートカットでシャープな体型。眼差《まなざ》しは鋭い。

「ゼミの日で間違いないですよね」

蘭子が小早川に尋ねる。

「ああ、間違いないよ」

「でも、お客さんのようですが……」

「彼は、目黒署の警察官でね。ゼミの様子を見学したいと言うので……」

蘭子は、にこりともせずに安斎を見た。それから、小早川に視線を戻して「そうですか」とだけ言った。

蘭子も定席に座る。彼女の席は、テーブルの六時の席だ。

次にやってきたのは、戸田蓮《とだれん》だった。

身長百五十五センチで、ゼミ生の中では一番小柄だ。おかっぱでいつもひかえめな印象がある。

彼女は、伏し目がちに入室してきて、ちらりと安斎を見たが何も言わず、小早川に一礼してテーブルの席に着いた。彼女の席は、八時の位置で、派手な麻由美の陰に隠れてしまったように感じられた。

次が、加藤梓《かとうあずさ》だった。

身長は、百六十センチ。ゼミ生の中ではまあ、平均と言える。セミロングで知的な印象がある。

彼女は、遅れそうになり急いで来たらしく、息を弾《はず》ませていた。

「まだ……、遅刻じゃ……、ないですよ……、ね……」

安斎のことを気にした様子もなく席に着く。彼女の席は、二時の位置。

最後にやってきたのは、西野《にしの》楓《かえで》だった。身長は、百五十九センチで、いつもあと一センチほしかったと言っている。黒々とした長い髪が特徴的だ。

彼女は、時間ぎりぎりだったが、慌てた様子もなく、悠然《ゆうぜん》と入室してきて席に着いた。彼女の定席は、四時の位置だ。

小早川が言った。

「みんなが集まったところで、改めてお客さんの紹介をしよう。警視庁目黒署、刑事組織犯罪対策課刑事総務係の安斎幸助巡査部長だ」

安斎が立ち上がり、頭を下げた。

「安斎です。よろしくお願いします」

五人のゼミ生の反応は、どちらかというと冷淡だった。だが、今どきの女子大生は、これで普通なのだ。

男は度胸、女は愛嬌《あいきょう》、などと言うのは、はるか昔の話だ。今どきそんなことを言ったら、セクハラだと訴えられかねない。

時代は変わったのだ。

だが、彼女らも、安斎に関心がないわけではなさそうだ。なにせ、小早川のゼミを志望する奇特な女子たちだ。

小早川のゼミは、『刑事政策演習ゼミ』といい、別名『継続捜査ゼミ』と呼ばれている。

本来ならば、法学部などに組み込まれるべきなのだろうが、三宿女子大には法学部はない。

小早川は、人間社会学部という名の学部に所属している。昔は、文学部とか外語学部など、わかりやすかったが、今はそういう学部のカテゴリーは、少なくなり、人間文化学部だの人間関係学部だのといった言い方をするようになった。

三宿女子大でもそうだった。人間社会学部は、社会科学を学ぶための学部だ。つまり、かつての社会学科や哲学科、史学科などが統合された学部と考えればいい。

学部の中で、小早川は変わり種だった。警視庁を退官してから准教授として大学にやってきた。元警察官というだけで、教職員の中ではずいぶんと変わった経歴だ。

退官後の再就職を考えているときに、幼馴染《おさななじ》みの原田郁子《はらだいくこ》にたまたま会った。知り合いの葬式でのことだ。

この年になると、おめでたい席よりも葬儀で人と会うことのほうが多いような気がする。だが、そうなればなったで、葬儀だろうが何だろうが、同窓会みたいなものだ。

あまり暗い話にもならず、思い出話に花が咲いたりする。故人だって、あの世でそのほうがいいと思っているに違いない。

原田郁子は、家政学の教授であり、修道女でもある。独身で、信仰と教育に専念している。

彼女とは小学生の頃からの知り合いだ。今でも、家が近所だ。

あれこれと話をしているうちに、仕事の話になった。

「そう言えば、そろそろ退官ね」

「来年の三月で退官だ」

「その後、どうするの？　警察官の方って、たいてい再就職するんでしょう？」

「そうだね。年金だけでは、なかなか食っていけないからね」

「今の六十歳は、まだまだ元気だしね」

「そう。世の中高齢化している。俺たちが働かなければ労働力も不足する」

「何か考えているの？」

「何か？」

「就職先よ」

「そうだなあ……。具体的にはまだ……」

「警察官ＯＢって、再就職先を選び放題なんでしょう」

「そんなに恵まれているわけじゃない。だが、まあ、民間企業に比べれば優遇されているかもしれないな。先輩ＯＢの引きもあるし……。警備保障会社とか、総会屋対策で銀行や一般企業の顧問をやる例も多い」

「大学の先生なんてどう？」

「大学の先生……？　そういえば、あんたは大学の学長だったな」

「そう。うちの大学で働くという手もある。たしか今、警察学校の校長だったわよね」

「そうだが……」

「ならば、教えることにも慣れているわよね」

「慣れているわけじゃない」

そのとき小早川は、郁子の申し出に魅力を感じている自分に気づいた。刑事畑を多く歩んできた。警察学校の校長を拝命したときは、まったく畑違いだと思った。

だが、やってみると意外にも水が合った。若い警察官たちと接するのが楽しかった。問題が起きてもそれほど苦にならなかった。若者たちといっしょに問題を解決する方法を考えるのは、むしろやり甲斐《がい》があると感じた。

小早川はこたえた。

「やってみてもいいな」

それがきっかけとなった。

まず、准教授という身分で大学で教えはじめた。もちろん、そのために何本か論文を書かなければならなかった。郁子がアドバイスをしてくれたこともあり、問題なくこなせた。

そして今年、小早川は晴れて教授となったのだ。今いる研究室も今年になって新たに与えられたものだ。

小早川は、テーブルの十二時の位置に着いた。安斎は、離れた席に座ったままだった。オブザーバーという立場だ。

小早川は言った。

「さて、前回も言ったとおり、君たちは三年生ですが、私は教授一年生です。決して理想的なゼミというわけにはいかないと思います。これから、試行錯誤を重ねていかなければなりません」

教授になったばかりなので、ゼミも今年が初めてだ。

三宿女子大では、ゼミは三年から履修することになっている。本来ならば、四年の論文の指導などをやらなければならないのだが、まだ小早川ゼミには四年生がいない。

今目の前にいる五人の三年生がゼミ生のすべてだ。これまではオリエンテーション。今日から本格的な活動が始まる。

小早川は現代教養学科の教授ということになっているが、学科内で人気なのは、コミュニケーション論だとか、メディア論だ。

小早川は、教授一年目ということもあり、まだ人気はない。五人集まったのが御の字という状態だった。

それでも小早川は満足していた。逆に大人数が集まってしまったら、うろたえるところだった。

「私は、長い間警視庁で、刑事をやっていました。研究家としてはまだまだこれからですが、警察官時代に経験したことを踏まえて、みなさんにいろいろな体験をしていただけることと思います」

五人のゼミ生たちは、小早川を見つめて話に聞き入っている。小早川は、話を続けた。

「私が刑事として最後にたずさわったのは、継続捜査でした。ご存じのとおり、殺人等重要事案の公訴時効が廃止されました。それにより、継続捜査の必要性が大きくクローズアップされたのです」

そこで、小早川は、テーブルの六時の位置、つまり、小早川の正面にいる蘭子を指名した。

「警視庁捜査一課にそのための部署が作られたのですが、ご存じですか？」

蘭子はこたえた。

「特命捜査対策室ですね」

小早川は満足げにうなずいた。この子たちはなかなか優秀なのだ。この先が楽しみだ。

警視庁の特命捜査対策室は、小早川が学生たちに説明したように、殺人罪などの公訴時効が廃止されることを受けて、新たに設けられた部署だ。

小早川は、蘭子に尋ねた。

「特命捜査対策室が新設された詳しい経緯を知っていますか？」

蘭子はこたえた。

「人を死なせた罪であって、死刑に当たる罪の公訴時効が、二〇一〇年四月二十七日に公布・施行された改正刑事訴訟法によって廃止されました。前年の二〇〇九年、それに先立つ形で、警視庁内に未解決事件の継続捜査を主な任務とする部署が新設されました。それが、特命捜査対策室です」

小早川はうなずいた。

蘭子は、法律に詳しい。

刑法・刑訴法はもちろん、民法や商法にも通じている。

小早川はその知識に驚き、尋ねたことがある。

「どうしてそんなに法律に詳しいんですか？」

「法律に興味があるんです」

「じゃあ、どこかの法学部に入って、司法試験を目指すべきじゃないのですか」

「法律は趣味なんです。仕事にするつもりはありません」

「それはもったいない。その知識を活かすべきだと思いますが……」

「仕事になったら、楽しくないでしょう」

小早川は、何も言えなかった。このドライさが、今どきの若者の特徴なのかもしれない。

だが、いつか気が変わってどこかの大学の法学部に入り直し、在学中に司法試験を目指すということもあり得ると、小早川は思っていた。

それでも決して遅くはない。若さというのは、あらゆる可能性がある。

小早川は、さらに質問した。

「では、公訴時効について、誰か説明してくれませんか」

積極的に発言しようという学生はいない。小早川は指名することにした。

「加藤さん、どうですか？」

「ええと……。罪を犯しても、捕まらずに一定の期間が過ぎれば、罰せられなくなる、ということですよね」

小早川はうなずいた。

「そう。正確には、犯罪終了後、一定期間経つと、公訴が提起できなくなることを言います。公訴を提起するというのは、簡単に言うと、検察官が裁判のために訴えを起こすことです」

蘭子以外の学生たちは、ノートを取った。

蘭子は当然、この程度のことは知り尽くしているのだ。

小早川は、続けて加藤梓に尋ねた。

「では、どうして公訴時効があったのでしょう？」

梓はしどろもどろになった。

「ええと……。公訴時効の理由ですか……。その……」

小早川は、ほほえんで言った。

「白鷺《しらさぎ》城はすっかりきれいになったんですよね？」

突然話題が変わり、他の学生たちはきょとんとした顔になったが、梓の表情はぱっと明るくなった。

「姫路城《ひめじ》ですね。はい、平成二十三年四月から、本格的に大天守の補修工事を行ってきましたが、平成二十七年三月に、無事工事を終えて、完成記念式典が開かれました」

梓は、いわゆるレキジョだ。日本史好きで、特に城について詳しい。

小早川は説明した。

「公訴時効については、おおまかに言うと、実体法説と訴訟法説があります。実体法説は、わかりやすく言うと、時間が経てば、罰する理由がだんだん少なくなっていく、というものです。犯罪の直後は、誰もがその犯人を憎いと思ったり、できるだけ厳しい処分を下すべきだという感情を抱くものです。でも、時間が経つにつれ、人々はそういう感情を忘れていきます。そして、犯人を罰したり、再教育したりする必要もなくなっていき、やがてそういう必要性は消滅する、とする説です」

学生たちは、ノートを取りつづける。

小早川の説明を学生たちが記録する。それでは、講義と同じだ。ゼミの意味がない。なるべく学生たちに発言させたかった。

「この説に対して、批判もあります。どういう批判がありうると思いますか？　戸田さん、どうです？」

戸田蓮は、目を瞬《しばた》いた。

「批判ですか……？　ええと、わかりません」

「すぐにあきらめないで、考えてみてください。このゼミでは、実際に過去の事案について調べていきます。警察の捜査と同じことをやってみるのです。捜査で、一番いけないのは、すぐにあきらめることです。さあ、考えてみてください」

蓮は、真剣な顔で考えているように見えた。だが、実際に考えていたかどうかは疑問だ。

小早川は、梓のときと同様に、話題を変えてみた。

「抗生物質によって、人類は感染症から救われましたね」

蓮は、また目をぱちくりさせた。

「ええ。そうですね……」

彼女は、おそるおそるという様子で説明を始めた。

「抗生剤は、もともとはペニシリンやストレプトマイシンに代表される抗菌剤の総称でしたが、次第にウイルスや真菌に対する薬剤も開発されるようになり、広義にはそのような薬剤も含まれます。現在、医療機関では、抗生物質という言い方はせず、抗菌薬、抗ウイルス薬、抗真菌薬、抗寄生虫薬といった言い方をします」

蓮は、薬のことにやたら詳しいのだ。

なんでも、幼い頃体が弱く、いろいろな薬を飲まされたことで、危機感を覚え、自分なりにきちんと調べるようになったのだという。

蘭子の法科と同じで、蓮も薬学部に行くべきではないかと、小早川は思うのだが、やはり本人にはその気がないらしい。

「その便利な抗生物質も、使い方によっては危険なのだそうだね」

「現在問題視されているのは、耐性菌ですね。中途半端に抗生剤を飲むことによって、抗生剤に耐性を持った菌を生み出してしまうのです。つまり、抗生剤が効かなくなるのです」

「なるほど、それは恐ろしいことですね」

「そうなんです。ですから、抗生剤を処方されたら、中断せずに最後まで飲みきることが大切なんです」

「よくわかりました。それで、実体法説について、どんな批判があるか、ですが……」

蓮は、再び考え込んだ。今度はしっかりと考えているのがわかった。

やがて彼女は言った。

「時間が経てば、罰する必要がなくなっていくというのでしたら、最終的には無罪を言い渡さなければならないはずです。罪そのものの意味がなくなるんですから……。つまり、抗生剤が菌をやっつけた状態ですね。菌が死滅したんです。でも、公訴時効は、罪はそのまま残っていて、公訴をしないということですよね。それは、菌がまだ残っているのに、治療する必要がないので、放っておくというのに似ています。それはまったく違うことだと思うんですが……」

小早川は、うなずいた。

「そう。実体法説に対する批判は、まさにそれなんです。難しい言葉で言うと、国家の刑罰権が時間の経過によって消滅するというのが、実体法説の本質なのですが、それなら、無罪判決を言い渡さなければおかしい、というのですね」

蓮はほっとした表情になった。

小早川は、説明を続けた。

「一方、訴訟法説は、時間の経過により、証拠は散逸し、人々の記憶も曖昧《あいまい》になって、正確な証言が得られなくなる点を指摘しています。物的証拠も、時が経つにつれて劣化していき、正確な審議ができなくなる。無罪の者を罪に問うなどの過ちを避けるためにも、犯行から時間が経ったものは公訴すべきでないという説です。これについては、どういう批判が考えられるでしょう。瀬戸さん、どうでしょう」

麻由美は、ウェーブのかかった長い髪をかき上げて言った。

「物的証拠が、劣化していくって……。劣化しないものだってあるでしょう。たとえば、科学捜査のデータなんて、数値化するなり、ちゃんと記録しておけば、劣化しませんよね。だいたい、時間が経てば何でも劣化するって考えるのが間違いで、ギザのピラミッドとか何千年も前から残っているんですよ。一説によると、ギザのピラミッドやスフィンクスは、もっとずっと古い時代に作られたんです。一万五千年前からあるって人もいるんです」

麻由美は、世界の謎オタクだ。オーパーツやら何やら、世の中には常識では説明できないものがたくさんあるらしい。

彼女は、見かけとは裏腹で、そういうものが滅法好きなのだ。

「一万五千年前……。それはあり得ないんじゃないのですか。その頃、人類はまだ文明を築いていなかったでしょう」

「それが面白いところなんです。スフィンクスの足のあたりには、水で浸食された跡があるんですよ」

「水で……？　スフィンクスがあるあたりは、砂漠だと思っていましたが……」

「あのあたりが、緑に覆われ、石のスフィンクスを浸食するほどの豊かな水があった時代があったんです。それが、一万五千年前なのです」

「ほう……」

「さらに、ギザの大ピラミッドとナイル河の位置関係が、ある事実を物語っています。ギザの三つのピラミッドは、上空から見ると、その大きさと並びが、オリオンの三つ星の明るさや配列とぴたりと一致します。そして、ナイル河を天の河と見なすと、一万五千年前のオリオンの三つ星と天の河の位置関係と、これも一致するのです」

「それは驚きですね」

「つまりですね、このように劣化しない物証もあるわけです。歴史的な建造物を最新の科学で調べれば、かつてわからなかったこともわかってきます。同様に、劣化しない犯罪の証拠も存在し、それを最新の科学捜査で調べることだってできるわけですよね。だとしたら、証拠の劣化や、人々の記憶が薄れることが、公訴しない理由になるというのは、おかしいように思います」

「けっこう。まさに、それが訴訟法説に対する批判なのです。その他に公訴時効の根拠として、実体法説と訴訟法説をあわせて考える競合説や、新訴訟法説、誤審防止説と呼ばれるものもありますが、おおむね、最初に述べた二つが中心と考えることができるでしょう」

西野楓が発言した。

「すいません。質問してよろしいですか？」

小早川はこたえた。

「ゼミは、講義とは違います。好きなときに質問や発言をしてくれてかまいません」

「新訴訟法説や誤審防止説についても、説明していただきたいのですが……」

「いいでしょう。新訴訟法説というのは、犯人と疑われていながらも訴追されずにいる人がいる場合、その人の立場の不安定さをなくすために、公訴権が消滅するのだという説です」

「よくわからないのですが……」

「例えば、あなたが殺人を疑われつつ、起訴されずにいるとします。周囲にそのことを知られると、あなたは辛《つら》い立場に追いやられることになります。近所でも疑いの眼を向けられ、学内でも噂が広まるかもしれません。そういう状態がいつまでも続くことに、おそらくあなたは耐えられないでしょう。そういうことにならないように、ある一定の時期が過ぎれば、公訴権を消滅させるべきだというのが、新訴訟法説です」

「誤審防止説は……？」

「その名前のとおりですね。アリバイなどの無実を証明する証拠は、時間が経過すればするほど減っていくので、無実の人を罪に問うことがないように、時間的な制限を設けるべきだという説です」

楓がさらに質問する。

「では、どうして、殺人などの公訴時効は廃止されたのでしょう」

楓は、大東《だいとう》流合気柔術を幼い頃から修行しているという、直心影《じきしんかげ》流薙刀《なぎなた》の使い手でもあるらしい。武術を修行しているだけあって、たたずまいに隙がないし、質問もなかなか鋭い。

「君はなぜだと思いますか？」

楓は、しばらく考えてから言った。

「瀬戸さんが言ったようなことが理由だと思います。最近では科学捜査も進み、証拠品が必ずしも劣化するとは限らないからではないかと思います」

小早川は、うなずいてから言った。

「その他に、何か意見がある人は？」

蘭子が言った。

「被害者の遺族や親しかった人の心理を考慮してのことだと思います。殺人事件の被害者の遺族は、たとえ何年経っても、悲しみや怒りを忘れることはないでしょう」

「それも理由の一つだと思います。さて、私は長年、警視庁で刑事をやっていました。所轄での経験も、警視庁本部での経験もあります。そして、刑事人生の最後に配属になったのが、特命捜査対策室でした。一口に継続捜査と言いますが、未解決事件の継続捜査はとてもたいへんでした。訴訟法説の論拠にもなっていることですが、とにかく、発生から時間が経ってしまった事案は、手がかりが見つからないのです。事件の手がかりや証拠は、発生したその日に集めないといけない。翌日には、証拠や証言が半減し、三日目にはさらにその半分になります。十年も経てば、その事件を覚えている人すら少なくなってしまうのです」

小早川は、そこで言葉を切って、学生たちの反応を見た。全員が集中している。その手ごたえに満足した小早川は言った。

「さて、それではさっそく、実際の事件を手がけることにしましょう」

小早川は、安斎が持って来たファイルをテーブルに積み上げた。

「十五年前の殺人事件です」

ファイルに綴《と》じてある記事の切り抜きなどの書類を、コピーしている暇がなかった。だから、回覧してもらうことにした。

それぞれが必要なメモを取ればいい。警察ではそれが重要だ。捜査の際に、いちいち資料のコピーが配られるほど親切なわけではない。各人が記録しなければならないのだ。

聞き込みや取り調べの際も、記録することが重要だ。

「それでは、せっかくなので、現職の刑事さんに、事件について説明してもらいましょう」

そう言われて、安斎が驚いた顔になった。

「え、それって自分のことですか？」

「他に、刑事がいるかね？」

「いや、それはまずいですよ。捜査情報は外に洩《も》らすことはできません。自分のクビが飛んじゃいます」

「別にまずいことをしゃべらなければいい」

「つい、しゃべっちゃうじゃないですか。記者なんか相手にしていて、しゃべっちゃいけないって思うほど、ぽろっと言っちゃうんです」

「ここで何かを洩らしても、問題にはならんよ。私が責任を持つ」

「はあ……」

「それにな、十五年も前の事件だ。もう、マスコミがあらかた報道してしまって、警察独自の捜査情報なんて残ってないだろう」

「そうでもありませんよ。まだまだマスコミには出していない情報はあるはずです」

「ほう……。ぜひそれをここで話してほしいね」

安斎は目を丸くした。

「勘弁してくださいよ」

「冗談だ。報道された事実だけでいい」

安斎は立ち上がって、説明を始めた。

「ええと、お手元にあるのは、十五年前の強盗殺人事件の資料です。目黒署管内で発生した事案で、現場は住宅街でした。被害者は一軒家に住む老夫婦」

学生たちは、ノートにメモを取っていく。

「結城元《ゆうきはじめ》、七十九歳、結城多美《たみ》七十八歳。それが被害者の氏名と年齢です。ゆうきは、結ぶに城。はじめは元気の元、たみは多いに美しいです」

さらに、安斎の説明が続く。

それを聞いて、ふと小早川は懐《なつ》かしさを覚えた。

まるで、捜査本部か所轄の捜査会議のようだと思った。現場を離れてずいぶん経つが、報告を聞いていると、当時の感覚がよみがえってくる。

まさに、皮膚にその感覚が残っているのだ。

「事件は、いわゆる居直り強盗と見られています。犯行時刻は、午後三時から四時の間。空き巣狙いで忍び込んだ家が、実は留守ではなかったのです。結城元さんと顔を合わせた空き巣狙いは、その場で強盗に早変わりしたということです。台所にあった包丁《ほうちょう》で元さんを刺したのです。そして、物音と元さんの声に驚いて二階から下りてきた多美さんも、同様に刺されました。二人の死因は失血死。凶器は現場に残されていました。結城さん宅で使用されていた包丁であることが確認されています」

学生たちは、メモを取りつづけている。

「犯人は即座に逃走した模様です。金品を物色された跡はありませんでした。おそらく、盗みを働く前に、犯人は元さんと鉢合《はちあ》わせしたということなのだと思います。犯人は、何も盗《と》らずに逃走したわけです」

安斎は、そこまで一気に説明をして、小早川の顔を見た。

小早川は言った。

「ごくろうだった。さて、ここまでで、誰か質問はありませんか」

加藤梓が尋ねた。

「目撃情報はなかったのですか?」

安斎がこたえた。

「ありませんでした」

「犯行時間は、昼間の三時から四時の間なんですよね」

「間違いありません」

「刃物による殺害というのも、間違いないですね」

「はい」

「妙ですね。犯人はいったい、どんな恰好をしていたのでしょう」

「どんな恰好……」

「服装です。シャツだけということはあり得なかったはずです」

安斎が怪訝《けげん》な顔をする。

「どうしてです？」

「返り血です。失血死するほどの傷なら、当然血液は飛び散るはずです。返り血も浴びるでしょう。逃走時には、それを上着やコートなどで隠す必要があったと思います」

「そうよね」

瀬戸麻由美が発言した。「午後三時から四時の間の犯行ということは、それくらいの時刻に逃走したということですよね。午後三時ですよ。真っ昼間に、衣類を血で染めた人が歩いているというだけで、おそらく一一〇番されるでしょう」

安斎がこたえる。

「繰り返しますが、目撃情報はありませんでした。現場は実に閑静な住宅街です。まさかこんな事件が起きるなんて、誰も想像していないでしょう。それに、季節は晩秋。犯人は、ジャンパーなどの上着を着ていたでしょう。それで、血を浴びた衣類を隠した可能性がありますね」

凄惨な強盗殺人事件の話題だが、五人の学生たちは、誰もひるんだ様子を見せなかった。さすがに、このゼミを履修しようとしただけのことはあると、小早川は思った。

麻由美がさらに言った。

「晩秋って、正確にはいつなのかな」

安斎が言った。

「十一月五日火曜日ですね」

「その日の天気は？」

「晴れでしたね」

「目撃情報がないというのは、何か不自然な気がするわね……。犯人らしい人を見かけた人が誰もいなかったってこと？」

「午後三時頃の住宅街というのは、案外人通りがないものです」

蘭子が言った。

「犯人は、犯行後すぐに逃走したと言いましたね？」

安斎がうなずく。

「はい」

「どうしてそれがわかったのですか？」

「どうしてって……」

安斎は困った様子で、小早川を見た。彼は、この事案を担当したわけではない。事件が起きたとき、彼はまだ中学生だったはずだ。

事案については、書類を読んでの知識しかないのだ。

一方、ゼミ生たちの質問は、予想よりずっと鋭い。小早川は、安斎に助け船を出すことにした。

「状況から見て、そう判断されたんです」

蘭子が小早川に尋ねた。

「具体的には、どういうことですか？」

「居直り強盗ですからね。犯人もそうとうに動揺していたと考えられます。金品を何も盗らずに現場を去っていることから、殺害後すぐに現場を離れたと判断されたのだと思います」

「怨恨《えんこん》とかではないのですか？」

「犯人が、鍵のかかっていた勝手口から侵入したのは明らかでした。勝手口のドアのガラスを破り、サムターン回しによって侵入したのです。勝手口に犯人のものと思われる足跡も残っていました。明らかに空き巣狙いの手口でした。そして、結城元さんが殺害されたのが、台所の流し台の前です。そこで犯人と鉢合わせしたのでしょう。犯人は咄嗟《とっさ》に、台所にあった包丁を手にして、結城元さんを殺害したのです」

蘭子が眉《まゆ》をひそめた。

「いきなり刺したのですか？」

「状況から見るとそうですね」

蘭子は、思案顔で首を傾《かし》げた。

「それは不自然な気がするんですが……」

「どう不自然なのですか？」

「私が犯人だとしたら、住人に発見されてもすぐに殺害しようとは思わないでしょう。まず、逃走することを考えるのではないかと思います」

「短いやり取りはあったかもしれませんね。あるいは、結城元さんが、犯人を取り押さえようとしたのかもしれない」

「揉《も》み合いになって刺したと……」

「それもあり得なくはないと思います」

「それを示す根拠はあるのですか？」

小早川は、安斎を見た。安斎が慌てた様子でこたえた。

「あ、えーとですね、近隣への聞き込みでも、争った音や声を聞いたという証言はなかったですね。でも、奥さんの多美さんが二階から下りてきたとみられていますから、何らかの物音がしたのは間違いないです」

小早川は、安斎に尋ねた。

「物音や声を聞いたのは、被害者の多美さんだけということか。隣の家の住人は、何と言っていたんだろうな」

「さあ……。自分も記録を読んだだけですから……。近隣の住人からは、物音や声に関する証言はなかった、という記録があっただけですね」

小早川も、事件についての詳しい経緯を知っているわけではなかった。ゼミのケーススタディーとして取り上げるのに適当な事案はないかと、ネットで調べただけだ。

詳しい調査は、ゼミ生とともに進めようと思っていた。

これが初めてのケーススタディーだが、ゼミ生たちの食いつきのよさに、小早川は少しばかり驚いていた。

どうしていいかわからず、黙りこくっている学生たちに、捜査のイロハから教えなければならない。当初、そう考えていたので、これはうれしい誤算と言える。

レキジョの梓が安斎と小早川に尋ねた。

「えーと……、駅の防犯カメラとかに、手がかりはなかったんですか？」

小早川はこたえた。

「十五年前だと、防犯カメラもそれほど充実していなかったし、解析の態勢も不充分でした。今のように、ＳＳＢＣもありませんでしたし……」

梓が尋ねた。

「ＳＳＢＣって何ですか？」

優秀なゼミ生たちも、さすがにＳＳＢＣのことは知らないようだ。

「捜査支援分析センターのことです」

「捜査支援分析センター……。あ……」

梓は言った。

「ＳＳＢＣって、英語の頭文字じゃなくて、捜査のＳ、支援のＳ、分析のＢなんですね」

「そうです。実は、警視庁の略語には、日本語の頭文字のアルファベットを並べたものがけっこうあるのです。ＮＨＫみたいなものですね」

「ＮＨＫ……？」

「ＮＨＫは、日本放送協会の略です」

「あ、そうだったんですね」

「すっかり有名になったＳＩＴもそうです。今では、スペシャル・インベスティゲーション・ティームの略だなんて言われていますが、実は、それは海外帰りの管理官が勘違いしたことから始まったと言われています。そもそもは、捜査一課特殊班の略でした」

「捜査のＳ、一課のＩ、特殊班のＴだったんですか？」

「そういうことだ」

「じゃあ、ＳＡＴもそうですか？」

「いや、SATのほうは最初から、スペシャル・アサルト・ティームの略です。警備部は、英語に強いのです。要人警護で外国語が堪能であることが求められますからね」

「へえ……」

梓が感心したように小早川を見た。

小早川はほほえんで言った。

「防犯カメラの話でしたね。おそらく、この事案では、防犯カメラによる手がかりは得られなかったのではないかと思います」

「そうですか……」

「他に何か……」

「第一発見者は誰だったのですか？」

蓮のこの質問に、小早川はさらに驚かされた。第一発見者を確認するなど、本物の捜査員顔負けだ。

安斎がこたえた。

「林田由起夫《はやしだゆきお》。当時十五歳ということですから、現在は二十九歳か三十歳ですね」

「何者ですか？」

「被害者の孫です」

「苗字が違うんですね」

「被害者の結城さん夫婦には、娘さんがおられまして、嫁ぎ先が林田姓だったわけです」

「なるほど……。十五歳といえば、当時中学か高校ですよね」

「中学三年生でした」

「彼は疑われなかったのですか？」

「ええ。状況から見て、彼が犯人だとは考えにくいと判断されたのだと思います」

「その場合の状況というのは？」

「林田由起夫君の着衣です。彼は、学校の制服を着ていましたが、返り血を一滴も浴びていません。もし彼が犯人ならあり得ないことです」

「通報は何時だったのですか？」

「午後五時頃ということです」

「なるほど……」

蓮は質問を終えたようだ。

小早川は、西野楓に尋ねた。

「あなたは、何か質問はありませんか？」

楓は無口で、積極的に発言しようとはしない。熟考してからようやく口を開くタイプのようだ。

指名されて、楓は言った。

「何も盗んでいないからといって、すぐに現場を離れたとは限りませんよね」

小早川は聞き返した。

「犯人が、犯行後も現場にとどまっていた、と……」

「明るいうちは、人に見られる危険があります。私なら、日が暮れるのを待って逃走します」

本格的なケーススタディーの初日から、小早川は大きな手ごたえを感じていた。この子たちなら、未解決事件を解決することもあり得るな。そんなことまで思っていた。

2

「どうだね、我がゼミの学生は」

小早川は、安斎に尋ねた。

「とても優秀だと思います。うちの署にほしいくらいですね」

小早川は、ゼミ生たちに言った。

「……と、彼は言っているが、この中で警察官になろうという人はいらっしゃいませんか？」

彼女たちは、顔を見合わせたが、名乗りを上げようという者は一人もいなかった。

小早川は言った。

「おや……。私のゼミを履修していながら、警察官を志す人は、一人もいないのですか？」

蓮が言った。

「私は、小さい頃から体が弱く、ごらんのとおり、体格にも恵まれていません。とても警察の訓練に耐えられるとは思えません」

「今はすっかり元気になられたのでしょう？」

「元気です。でも、普通に元気な程度じゃ、警察官には不充分でしょう。警察官になる人って、剣道部とか柔道部なんかで活躍した人ってイメージがあります」

「たしかにそういう人もいますが、運動部経験者じゃない人もいますよ」

「警察学校に入ってから、厳しく鍛《きた》えられるのでしょう？」

「体力面が心配なら、キャリアになるという手もあります」

蓮が目をぱちくりさせる。

麻由美が、栗色の髪をかき上げて言った。

「キャリアですって。先生、私たちが国家公務員総合職試験に合格できると思いますか？」

「たしかに、国家公務員総合職は、東大法学部卒が中心だ。だが、君たちにだって可能性がないわけじゃない」

麻由美が小さく溜め息をつく。

「私、そういう小さな可能性にかけたりしたくないんですよ。どうせ目標を立てるなら、充分にクリアできそうな目標を立てますね」

「なるほど……」

小早川は、梓に尋ねた。「あなたはどうですか？　このゼミを取ったということは、お城や日本の歴史だけじゃなくて、犯罪捜査にも興味があるんじゃないですか？」

「もちろん、興味はあります。でも、警察官になりたいわけじゃありません。警察官になっても犯罪捜査に携《たずさ》われるとは限らないじゃないですか。交通警察に配属になったり、事務仕事ばかりやる部署だってあるでしょう」

「たしかにそうですね。所轄でも、総務課や警務課は、事務仕事が中心です」

「それに、部外者だからこそ、自由に犯罪捜査について語れるんだと思います。仕事としてやるのとは別だと思います」

「それはたしかにそうですね……。西野さんはどうでしょう？　合気柔術は、逮捕術にも役に立つと思います」

西野楓は、武術の修行者だ。この中で、警察官に一番近い位置にいると思う。

楓は、すっと背筋を伸ばしたままこたえた。

「今まで、警察官になろうと思ったことはありません」

「今まで……？　では、これからそう思う可能性もあるということですか？」

「どうでしょう。今はまだわかりません」

「だが、将来のことを、そろそろ決めなければならない時期でしょう。あなたももう三年生なのです」

「企業説明を受け、入れそうな会社に入ろうと思っていました。そして、いずれは結婚して子育てをして……。漠然《ばくぜん》とそのように考えていました」

「なるほど……」

小早川は、蘭子に視線を移して言った。「あなたはどうですか？　たしか、バレーボール部でしたね？」

「部ではありません。愛好会です」

「高校時代は、バレー部だったのでしょう？」

「はい」

蘭子は、いかにもバレーボール選手らしい体格をしている。一流選手になるには身長が足りないだろうが、女性としては高いほうだ。

「では、体力面では問題ないはずです。法律の知識も豊富だし、警察官に向いていると思いますが……」

「私も、西野さんと同じで、これまで警察官になるという選択肢はありませんでした」

「あなたなら優秀な警察官になれると思います」

「私の人生において、その選択肢が増えるかどうかは、このゼミ次第かもしれません」

「つまり、ゼミの内容に興味を持てれば、警察官になる選択肢が増えるかもしれないということですか？」

「はい」

「これは、責任重大ですね」

「いえ、先生の責任ではないと思います。あくまで、私たち受け取る側の問題です」

「いや、それでも責任を感じます。興味を持っていただけるように努力しますよ」

それから、小早川は再び、事件に話題を戻した。

「西野さん。もしあなたが犯人だったら、明るいうちは人に見られる危険があるので、暗くなるのを待って逃走する、と言いましたね？」

「はい」

「第一発見者の林田由起夫君が通報したのが、午後五時頃です。十一月とはいえ、五時だとまだ日の入り直後ですね。真っ暗というわけではない」

安斎が補足するように言う。

「十一月五日の日の入りは、十六時四十六分でした」

「微妙なところですね。第一発見者が現場に来たときには、すでに犯人は現場からいなくなっていたはずです。そうなると、犯人は日の入り直後に逃走したということになりますね。つまり、日の入りから林田由起夫君が通報した十七時の間に現場から逃げ出したということでしょうか……」

楓がこたえた。

「通報の時間と、犯人が逃走した時間は関係ないと思います」

「なぜでしょう。現場に犯人がいれば、林田由起夫君は当然気づいたはずです」

「どこかに隠れていた可能性もあります」

「林田君はそれに気づかなかったということですか？」

「そういう可能性は充分にあったと思います」

「しかし、それでは、犯人は逃走するチャンスを逸《いっ》してしまうんじゃないでしょうか。林田由起夫君は、地域課の係員が駆けつけるまで、ずっと現場にいたはずです」

「それはたしかなのですね？」

尋ねられて、小早川はふと考え込んだ。

「いや、当然そうするだろうと思っただけなのですが……」

小早川は安斎を見た。安斎は小さく肩をすくめて言った。

「第一発見者が、地域課の係員が現着するまで現場にいたかどうか、ですか？　さあ、それは調べてみなければ何とも言えませんが、そんな記録が残ってるかどうか……」

「蓋然性《がいぜんせい》の問題だと思います」

小早川は言った。「林田由起夫君は、被害者のお孫さんです。警察が来るまで被害者宅にいると考えるのが自然だと思うのですが……」

楓が言った。

「大惨事に直面すると、人間は考えられないような行動に出ることもあるんじゃないでしょうか」

「それはたしかにそうですが……」

「おじいさんとおばあさんが無残に殺された現場に、じっとしていることなどできるでしょうか」

悲惨な体験をした人間のことなら、学生よりもずっとよく知っているという自信が、小早川にはあった。

刑事にとっては、悲惨な出来事が日常なのだ。だから、殺人現場で人々がどう振る舞うか、小早川はよく知っていた。

「発見者は、案外その場を動かないものです。たいていは、どうしていいかわからず、その場にとどまるのです。特に、被害者が知人ならば、発見者はほぼその場を離れないと言ってもいいでしょう。通報した責任があると考える場合もあります。林田由起夫君は、被害者の肉親です。その場を離れずにいた可能性が高いと思います」

楓が言った。

「もしそうだったとしても、犯人が殺人現場の家の中に潜《ひそ》んでいたことを否定することにはなりません」

「どういうことですか？」

「林田由起夫君に発見されないように隠れていたのです」

「いつ、どうやって逃げ出したのですか？　おそらく通報から十分以内に地域課係員がやってきたはずです」

「隙を見て、玄関から出て行けばいいんです」

「玄関から……」

「そうです。そのチャンスはいくらでもあったと思います」

「もしそうだとしたら、犯人が出て行った後、玄関の鍵は開いていることになりますね」

「鍵は開いていたでしょう」

小早川はうなずいた。

「それも確認しなければなりませんね。しかし、実は、これが継続捜査の難しいところなのです」

五人のゼミ生は注目していた。小早川は説明を続けた。

「なにせ十五年前のことです。現場に行って確かめるわけにもいきません。記録が残っていないとしたら、確かめる術《すべ》はないと考えなければならないのです」

麻由美が言った。

「第一発見者は、まだ健在なんですよね？」

その質問にこたえる代わりに、小早川はまた安斎を見た。安斎が言った。

「ええと……。そうですね。林田さんは、現在二十九歳か三十歳。塾講師です」

「じゃあ、話を聞いてみればいいじゃない」

「そうですね」

小早川は言った。「警察の捜査ならば、当然そうすべきでしょうね」

麻由美が言う。

「大学の演習じゃ、そういうわけにいかないってことですか？」

「いや。林田さんが協力してくれるのなら、やってみてもいいと思います。それより、継続捜査を担当している部署が林田さんに、すでにそういう質問をしているかもしれません」

「継続捜査を担当している部署って、さっき出ていた特命捜査対策室のことですか？」

「おそらくそうだと思います。私の古巣なので、次のゼミの日までに確認しておきましょう」

麻由美がさらに言う。

「楓が言うことももっともだと思うんですよ。犯人が暗くなるまで被害者宅に隠れていたんじゃないかって話。でも、だからなんなの、って気もするんですけど……」

楓は、その問いに対するこたえを持っているに違いない。だが、自ら進んで発言するタイプではない。小早川は楓に言った。

「今の瀬戸さんの疑問点について、どう思いますか？」

楓は、しばらく考えてからこたえた。

「犯人像に関わってくるのではないかと思います」

「犯人像とは、具体的にはどのようなことですか？」

「そうですね……。例えば、どういう性格なのかということです。乱暴なのか、気が弱いのか、慎重なのか、剛胆《ごうたん》なのか……」

小早川は興味がわいてきた。

「あなたは、どう分析しますか？」

「もし、警察が言うように居直り強盗なら、乱暴で思慮に欠けるタイプだと思います。窃盗でもし初犯なら、殺人なんかよりずっと罪が軽いのですから」

「そう」

蘭子が言った。「窃盗で初犯なら、執行猶予がつくでしょう。再犯の場合でも、量刑は最長で三年くらいですね」

「そうですね」

小早川はうなずいた。「しかし、複数の殺人となると、死刑もあり得ます」

「はい。ですから、どう考えても居直り強盗で殺人というのは、割りに合いません」

「しかし、同様のケースは、驚くほど多いのです。窃盗だけとは限りません。性犯罪でもよくあることです。いたずら目的で女性を拉致して、その事実の発覚を恐れて殺害というのは典型的なパターンです。あるいは騒がれたので殺害とか……」

「それはわかっているつもりですが……」

「あなたは先ほど、大惨事に直面すると、人間は考えられないような行動に出ることもあるのではないかと言いましたね？　おそらくそのとおりだと思います。そして、この犯人も、それと似たような状態になったのだと思います。つまり、忍び込んだ家に住人がいるなどとは想定していなかったのです。もし、台所に包丁がなかったら、この殺人は起きなかったでしょう」

梓が首を傾げた。

「包丁は、台所のどこにあったのかしら……」

小早川は、聞き返した。

「どこにあったか……？」

「ええ、犯人は被害者と鉢合わせをして、驚いて刺したのでしょう？　包丁って、流し台の下のラックとかに収納してありますよね。出しっ放しにしていると危ないので……。そういう場合、わざわざ収納場所から取り出して被害者を刺したんですか？　何だか不自然ですよね」

小早川は、安斎に尋ねた。

「その点は、どうなんだ？」

「包丁は、流し台の奥にあるラックにさしてあったはずです。鑑識が撮影した証拠写真を見ました」

小早川は梓に言った。

「流し台の奥ということは、すぐに手に取れたということですね。それならば、不自然なことはないと思いますが……」

「そうですね……」

梓は、まだ納得していない様子だった。

小早川は時計を見て言った。

「あっという間に、時間が来てしまいました。では、今日の話し合いを踏まえて、次回はより具体的に考察していきます」

「先生、よろしいですか？」

蘭子が言った。「過去の事案もいいですが、今学内で起きている事案についても考えていただきたいのですが……」

3

席を立ちかけたゼミ生たちは、再び腰を下ろした。

小早川は、蘭子に尋ねた。

「今学内で、何か事件が起きているということですか？」

「はい」

「どんな事件ですか？」

「靴がなくなるんです」

「靴……？」

「はい。バレーボールで使うシューズがなくなるのです」

「それは、あなたが所属している愛好会での出来事ですか？」

「はい。バレーボールサークルで起きています」

「バレーボールシューズも決して安くはないのでしょうね」

「ええ。でも、問題は値段とかじゃないんです」

「どういうことでしょう」

「なくなるのは片方なんです」

「片方……」

小早川が眉をひそめると、麻由美が言った。

「犬がよく靴の片方を持っていくわね」

小早川が麻由美に言った。

「犬ですか」

「そう。靴やサンダルの片方を持っていって庭に埋めちゃうの。本人としては大切なものを手に入れたと思っているのでしょう」

梓が言う。

「犬なんだから、本人というのはおかしいんじゃない？」

「こういう場合、擬人化すんの普通じゃね？」

最近の若い女性は、男性のような言葉遣いを平気でするようになった。それに対して、不快感を表す教職員もいるが、小早川は別に気にしていなかった。

「靴がなくなるのは、どういう状況なんですか？」

小早川が尋ねると、蘭子がこたえた。

「更衣室でシャワーを浴びている最中になくなるんです」

「シャワーを浴びているときに……？」

「あ、私も同じ話を聞きました。バレーボールじゃなくて、バスケットのサークルなんですけど……」

蓮が発言したので、小早川は彼女に尋ねた。

「やはり靴の片方がなくなるんですか？」

「そうです」

「シャワーを浴びるときに、ロッカーなどは使用しないのですか？」

蘭子がこたえた。

「ロッカーは使いますが、鍵をかけないことが多いです」

学内だと安心してしまうのだろう。その気持ちは理解できる。

「練習後には、何人もの人が更衣室やシャワーを使っているはずです。そんな状況で盗みができるとは思えないのですが……」

「被害にあったのは、たいてい最後に残った一人なのです」

「サークルの人たちは、みんな連れだって更衣室を出るわけじゃないのですね？」

「たいていは、ばらばらに更衣室を出て、体育館の外にあるベンチのあたりで待ち合わせをして食事に行ったりします」

「被害にあったのは何人ですか？」

「うちのサークルでは三人です」

小早川は蓮に尋ねた。

「バスケットボールのサークルではどうです？」

「二人だったと思います」

「合計で五人……」

麻由美が言う。

「他のサークルでも盗られているやつがいるかもよ。そうなれば、五人じゃ済まない」

小早川はうなった。

「れっきとした連続窃盗事件ですね」

蘭子が言った。

「私たちにとっては、窃盗事件以上の意味があります」

小早川はうなずいた。

「犯人の目的ですね」

「はい」

それまで無言で話を聞いていた安斎が言った。

「ははあ……。フェチですね」

フェチ、つまりフェティシズムのことだ。

「ハイヒールフェチとかは、けっこういるという話を、盗犯係や生安の連中から聞いたことがあるが、この場合はむしろにおいフェチかもしれない」

蘭子が言う。

「そんなやつが、大学内で私たちの運動用の靴を盗んでいると思うと、ぞっとします」

麻由美が腹立たしげに言う。

「ドン引きよね」

蓮がぶるっと身震《みぶる》いしてから言った。

「やだ……。靴のにおいを嗅《か》いだりするの？」

麻由美がこたえる。

「フェチなんだから、当然そうだろうね。おそらく、それが目的で靴を盗むんだろうから……」

「しかしなあ……」

安斎が言う。「靴なんかよりおいしいものがあるのに……」

小早川は尋ねた。

「おいしいものって、どういうことだ？」

「シャワーを浴びている間に盗まれているんでしょう？　つまり、靴といっしょに下着なんかもあるわけですよね。それは、盗まれていないんですか？」

「下着が靴よりもおいしいということか？」

安斎は慌てた。

「あ、いや、そういう性癖のやつにとって、という意味ですよ。自分がおいしいと感じるわけじゃありません」

小早川は、蘭子に尋ねた。

「その点は、どうなのでしょう？」

「下着が盗まれたという話は、聞いたことがありません」

安斎が言った。

「靴を盗むようなやつは、下着も盗みたがるんじゃないかと思うんですが……」

「君が言うことにも一理あるような気がする。たしかに、ロッカーの中には靴だけでなく衣類もいっしょに入っていたはずだ。それなのに靴だけがなくなっているわけだね？」

蘭子がこたえた。

「そうです」

麻由美が言った。

「なあに？　下着を盗らないから罪が軽いとでも言いたいの？　私たち女性にとっては、どっちも許しがたい行為なんですからね」

小早川は麻由美に言った。

「わかっています。しかし、不可解なことには変わりありません。自分のフェティシズムを満足させるのが目的の盗みなら、当然、下着や衣類にも興味を示すと思うのです」

麻由美は小早川をしばらく見つめていた。やがて彼女は、さっと肩をすくめると言った。

「変態の気持ちなんて、わかりませんね」

「それではいけないんです」

小早川が言うと、ゼミ生たちが一斉に注目した。

麻由美が、目をぱちくりさせて尋ねた。

「それ、どういうことですか？」

「あなたは今、変態の気持ちなんてわからないとおっしゃいました。つまり、犯罪者の気持ちがわからないということですね。それでは、捜査はできません。犯罪者の心理を深く掘り下げ、なぜ犯罪に至ったのかを考察しなければならないのです。つまり、犯罪者の心理を理解しなければならないのです」

麻由美が顔をしかめる。

「においを嗅ぐために靴を盗んだりするやつの気持ちを理解するなんて、無理ですよ」

「みんな、自分は犯罪者とは違うと思っているのです。しかし、私から見れば、普通の人々と犯罪者には、それほど大きな違いはないのです。何かのはずみで、あなたも犯罪者になってしまうかもしれないのです。問題は、衝動です」

「衝動……？」

「あなたにも、いろいろな衝動があるでしょう。どういうものが正しくて、どういうものが間違っている、というものではありません。本人には抑えがたいもの、それが衝動です。たまたま衝動を抑えきれなかった人がいて、それが反社会的なものであった場合、それは犯罪と呼ばれます」

蘭子が言った。

「誰でも犯罪者になる可能性を秘めているということですね？」

「そうです。そして、犯罪者とそうでない人の垣根は、思ったよりずっと低いのです」

ゼミ生たちは意外そうな顔をしている。

自分は絶対に犯罪者にはならないと信じているのだろう。

だが、どんな人でも違法行為をした経験があるはずだ。誰も見ていないからといって、赤信号を渡ったことくらいはあるだろう。車を持っている人なら、やむを得ず駐車違反をしたことがあるだろうし、制限速度を厳守している人のほうが珍しいのではないだろうか。

人々はみな衝動と戦っているとも言える。ダイエットしている人は、食べたい衝動と戦っている。

そして、人に言えないような性的な衝動は、誰でも持っているはずだ。それがなければ、人類はとっくに滅亡している。

衝動に負ける瞬間は、いつ来るかわからない。辛いことがあって、自暴自棄になっているようなときに、自制心を失うことがある。酒に酔って衝動に駆られてしまうこともあるだろう。

衝動の内容が、犯罪かどうかを左右することになる。人を殺害したいという衝動と、甘い物を食べたいという衝動は、社会的には大きな違いがある。

だが、衝動そのものについて考えれば、両者は同質なのだ。

いつどんな衝動に駆られ、それを抑えきれなくなるか。それは誰にもわからない。

人間というのは、それくらいに危ういものだ。だから、世の中から犯罪がなくなることは決してないのだ。

「おっと……。つい、おしゃべりをして時間が過ぎてしまったな……。では、続きは来週にしましょう」

蘭子が言った。

「靴がなくなるという事件、どうしますか？」

「それも来週でいかがでしょう？」

「私としては、一刻も早く捜査を始めたいのです」

小早川は苦笑した。

「捜査ではありませんよ。あくまで、演習です」

「実際に事件を解決するくらいの意気込みでないと、演習も意味がありませんよね」

「それはまあ、そうですが……」

「早く捜査を始めて、早く解決したいんです」

「しかし、ゼミの時間は限られています」

「あの……」

蓮がひかえめな態度で言った。「もし、先生のご都合がよろしければ、これからどこかへ行って、懇親会を兼ねてゼミの続きをやるというのはいかがでしょう」

一番引っ込み思案のタイプに見える蓮がそのような提案をしたことに、小早川は驚いていた。人は見かけによらないものだ。

時計を見ると、午後四時四十五分になろうとしている。ゼミ終了の時間が四時半だったから、十五分も超過したことになる。

「そうですね……」

小早川は考えた。ゼミ生と親交を深めるのも大学教授のつとめかもしれない。この先、彼女たちには卒論の指導をしたり、就職の相談に乗ったりしなければならない。

「いいでしょう。では、どこかで続きをやりましょう」

麻由美が言った。

「どうせなら、飲みながらがいいですよね。懇親会なんだし……」

「あ、それいいですね」

安斎が言った。小早川は安斎に言った。

「署に戻らなくてはならないんだろう？　何か事件が起きるかもしれない」

「そうなれば、呼び出しがかかりますよ。このまま直帰にしますし……」

「調子がいいな」

「よかったら、どこか場所を押さえますよ」

「そうだな。ゼミの続きをやるんだから、落ち着いて話ができる場所がいい」

「了解しました。任せてください。じゃあ、適当な店が押さえられたら連絡します」

そう言うと、安斎は小早川研究室を出て行った。

小早川はゼミ生たちに尋ねた。

「では、全員参加ということでよろしいですね」

彼女らはうなずく。

最近の学生は、個人主義の傾向が強く、集団で飲みに出かけるのをあまり好まないと聞いたことがある。

サークルなどの飲み会でも、都合が悪いなどと言って参加しない学生も少なくないようだ。

時代が違うのだと、小早川は思う。彼が学生の時代は、友達と飲みに行くのが何より楽しみだったような気がする。

だが、どうやらそういう傾向も、人によるらしい。やはり、小早川のゼミを選択する学生たちだ。少し変わっている連中なのかもしれない。

出て行って十五分ほどで安斎から電話があった。

「メキシコ料理の店ですが、個室が押さえられました。大学のすぐ近くです」

安斎が店名と場所を告げる。

「そこでいい。すぐに移動する」

電話を切ると、小早川はゼミ生たちに言った。「さて、では続きをやりましょう」

個室といっても、完全な部屋ではなく、パーティションで区切られた程度のものだが、充分に落ち着いて話ができそうだった。

小早川は満足だった。

梓が言った。

「先生、メキシコ料理とかで、だいじょうぶなんですか？」

「なぜですか？」

「和食のほうがいいんじゃないかと思って……」

「年齢のことを言っているのですか？」

「ええまあ……」

「ご心配なく。我々の世代は、若い頃からいろいろな種類のレストランを経験していますからね。一九八〇年に発表された、『なんとなく、クリスタル』という小説をご存じですか？」

梓は首を傾げた。

「聞いたことはあるような気がします」

「まあ、あなたたちが生まれるはるか前の小説ですからね……。ブランド小説などと呼ばれたものです。当時の東京の最先端の風俗が描かれていました。私たちは、そういうカルチャーやサブカルチャーの影響を受けていますし、バブルも経験しているのです。どんなレストランでも平気ですよ」

「へえ……」

麻由美が目を丸くした。「経験豊富ってことですね」

小早川は、ほほえんだ。

「たしかに、警察官などやっていますと、世の中のいろいろなことを経験します」

安斎が、如才《じょさい》なく全員に尋ねる。

「さて、飲み物は何にしますか？」

麻由美が言う。

「定番のコロナビールにしようかな」

梓が続いて言った。

「じゃあ、私も」

小早川をのぞく全員がコロナを注文した。小早川は、もっと濃厚な飲み物がほしかった。かといって、いきなりテキーラというわけにもいかない。

「ボヘミアをもらおう」

黒ビールに近い褐色《かっしょく》のビールで、こくがある。

安斎が、タコスをはじめとするメキシコの定番料理を注文した。小早川は、好き嫌いがないので、どんなものでも平気だ。

飲み物が来たところで、安斎が言った。

「では、ゼミの親睦を深めるために、乾杯しましょう」

小早川は安斎に言った。

「君は部外者なんだがね……」

「いいじゃないですか。今後も、資料の提供などさせていただきますよ」

彼は、女子大生と飲みに来られてご機嫌だ。

乾杯をすると、小早川はボヘミアを一口味わった。ビールだが、どっしりとしていて力強い。その味に満足すると、彼は言った。

「さて、スポーツシューズが盗まれるという件ですが、本来ならば、現場検証が必要です」

蘭子が言った。

「現場の更衣室なら、よく知っています」

「では、図を描いていただけますか？」

蘭子は、レポート用紙を取り出し、説明をしながら、見取り図を描きはじめた。

ちなみにこのときの席は、蘭子が小早川の右隣、その向こうに安斎がいる。小早川の左隣が麻由美だった。

正面には、武術家らしく背を真っ直ぐに伸ばした楓がいる。小早川から向かって楓の右側には梓がおり、左側に蓮がいた。

小早川は、蘭子が描く図を覗《のぞ》き込んでいた。

蘭子が説明した。

「ここが出入り口です。出入り口はごらんのとおり、壁の左端にあります。部屋に入ると、向かい側と手前の壁にロッカーが並んでいます。そして、その奥にシャワールームがあります。シャワーのブースは二つです」

実にシンプルな図だった。更衣室なのだから簡素なのが当たり前だと、小早川は思った。

「サークル活動の後は、みなさんシャワーを浴びるのですか？」

「そうでもないです。汗拭き用のウェットシートで間に合わせる人のほうが多いですね」

麻由美が言う。

「特に、髪が長い人は、シャワー浴びちゃうと、乾かすのもたいへんだし……」

蘭子が言った。

「あら、短いから楽ってもんでもないのよ」

麻由美が肩をすくめた。

「つまり、シャワーを浴びるかどうかは、人それぞれってことですね」

小早川がさらに尋ねる。

「女子更衣室なのだから、当然、男性は立ち入れないはずですね」

麻由美が言った。

「立ち入れないところに侵入してくるから、犯罪者なんじゃないですか」

「それはそうですが、女子更衣室に男性が立ち入るのは、なかなか難しいでしょう。更衣室の前に男性がいたら、不審に思われるでしょうし……」

「それはそうですが……」

安斎が言った。

「更衣室内部の図よりも、外の図が必要ですね。つまり、女子更衣室の周囲に何があったかという……」

小早川は、安斎のほうを見て言った。

「ほう、さすがに現職の刑事だな」

「そんなこと、誰だって気づきますよ」

「じゃあ、描きます」

蘭子がボールペンを走らせる。その間に、料理が来て、小早川はタコスを味わった。独特のスパイシーな味わいだ。

蘭子の図は、またしても実にシンプルだった。大きな長方形があり、その両脇に一本の線。そして、それぞれの脇に、正方形が二つずつ並んでいる。

蘭子が説明した。

「これ、体育館です。その両側に廊下があって、体育館正面に向かって右側の廊下を行くと、女子更衣室と女子トイレがあります。そして、逆側、つまり、正面に向かって左側の廊下を進むと、男子更衣室と男子トイレがあります」

安斎が言った。

「女子大なのに、男子更衣室や男子トイレがあるんですね」

小早川が言った。

「当たり前だろう。大学には、私のように男子職員だっている。それに、大学の施設は一般に公開されている」

「なるほど……」

小早川は、スパイシーな料理を味わいながら、蘭子に尋ねた。

「男子更衣室と男子トイレが、反対側の廊下にある。……ということは、女子更衣室側の廊下では、ほとんど男性の姿を見かけないということですね？」

「ところが、そうでもないんです」

「どういうことです？」

「女子更衣室側の廊下の突き当たりが、裏口になっているんです。体育館には、メインの出入り口の他に、出入り口が二つあり、それぞれ体育館奥の右側と左側にあります。右側の出入り口を使えば、裏口に近いので、そちらを使う人もいます」

「裏口を使う人は、どのくらいいるんでしょう？」

「実は、裏口のほうが正門に近いので、外部の人などで、慣れている人は、そちらを使うことが多いですね」

「でも、男性更衣室は反対側の廊下にあるんでしょう？」

「ご近所の人で、体育館を利用する方などは、ジャージなんかのままいらして、そのまま帰られます。更衣室を使ったとしても廊下を通り、正面玄関から出ると、正門まで遠回りになるというので、いったん体育館に戻り、体育館内を突っ切って、女子更衣室側の廊下の出入り口から裏口に向かう人も少なくないのです」

「つまり、女子更衣室側の廊下に男性がいても、それほど不自然には見えないということですね？」

「そういうことになります」

　麻由美が言う。

「でも、男性が更衣室に侵入するのは、簡単じゃないと思うわよ」

「バレーボールサークルで三件、バスケットボールサークルで二件、合計五件の被害があるということですからね。常習犯と考えていいでしょう。窃盗の常習犯は、それなりに工夫をします し、回を重ねるごとに熟練もしていきます」

正面右側にいる梓が言った。

「プロの窃盗犯の仕業《しわざ》ということですか？」

小早川は、かぶりを振った。

「プロでなくても常習犯はいます。下着泥棒《どろぼう》などは、その典型ですね」

麻由美が顔をしかめる。

「下着泥棒ね……。私も被害にあったことがある」

蓮が尋ねる。

「へえ。どこで？」

「コインランドリー。ちょっと近くのコンビニに買い物に行っている間にね」

安斎が興味深げに尋ねた。

「女性って、どんな下着を洗濯しているか、ちゃんと把握《はあく》しているものなんですか？」

「どういうこと？」

「洗濯中に盗まれても気づくんですね」

「ああ、パンツはたいてい、ブラと組になっているんで、なくなれば気づくわよ」

「はあ……。刑事として勉強になります」

小早川は、さらに蘭子に質問した。

「靴が盗まれる前後で、何か不審な人物を見たというようなことはありませんか？」

「私は見た記憶がありません」

「あるいは、そういう噂を聞いたとか……」

「いいえ」

「ふうん……。五件もの被害がある場合、たいていは不審者の目撃情報があるもんなんだが……」

「あの……」

ひかえめな態度で、蓮が小早川に質問した。「この場合、不審者って、どういうことでしょう……。男性が廊下にいるだけじゃ、不審者とは言えないですよね。裏口が近いんですから……」

「たしかに、裏口を利用しようという男性が女子更衣室の出入り口近くを通過しても、不審者とは言い難いですね。でも、何度も近くを行ったり来たりするとか、用もないのに近くに立ち止まっていたりしたら、それは不審者だと言っていいでしょう」

「行ったり来たりするとか、用もないのに立ち止まったり……」

「はい」

「でも、行ったり来たりしているかどうかは、その人を観察していないとわかりませんよね」

「観察していなくても気づくことはあります」

「でも、不審者の情報はないんですよね」

「そうですね……。防犯カメラでもあれば、すぐにわかるんですが……」

サルサソースをつけたトトポスを口に運ぼうとしていた梓が、驚いたように言った。

「更衣室の中に防犯カメラですか？　着替えするところが映っちゃうじゃないですか」

「いや、更衣室の中じゃなくて、外の廊下の話です」

梓はうなずいて、トトポスをぱくりと頬張《ほおば》る。トトポスは、トウモロコシのトルティーヤを乾燥させて揚げたものだ。

楓が、まっすぐに小早川を見て言った。

「女子更衣室に近づいても不審に思われない男性もいますね」

小早川は尋ねた。

「ほう。それは、どういう人たちですか？」

「清掃業者です」

安斎がそれに反論した。

「清掃業者だって、女子更衣室に入れば問題でしょう」

小早川は安斎に言った。

「西野さんは、女子更衣室に近づいても不審に思われない男性、と言ったんだ。女子更衣室に入るとは言っていない」

「あ、なるほど。廊下の清掃をしているのなら、更衣室の出入り口の前を行ったり来たりしても、立ち止まって何かしていても、不審には思われないかもしれないですね」

小早川は、蘭子に尋ねた。

「清掃業者を目撃したという情報はありますか？」

蘭子はかぶりを振った。

「私は聞いていません」

小早川は、蓮に尋ねた。

「そちらはどうです？」

「バスケットボールサークルですか？　ええと……。そういう話は聞いていないですね」

楓が言った。

「そういう情報がなくても、可能性はあります」

小早川はしばらく考え込んだ。いつしか、ビールのグラスが空になっている。同じものを注文してから、彼は言った。

「たしかに、西野さんが言うとおり、清掃業者なら、あまり不審に思われないかもしれない……」

安斎が言った。

「どこの清掃業者が入っているか、調べてみましょうか？　すぐにわかりますよ」

「おい、現職の刑事が調べてどうする。これはゼミの演習なんだ」

「あ、そうでしたね」

「とにかく、明日にでも、現場を見に行ってみよう」

蘭子が言った。

「私もいっしょに行きます。でないと、先生が不審者になってしまいます」

「ああ……。そうですね」

麻由美が言った。

「じゃあ、みんなで行こうよ」

小早川ゼミ最初の飲み会は、午後十一時頃にお開きになった。

事件もなく、安斎が呼び出されることもなかった。結局彼は、最後まで付き合った。

ゼミ生たちが、小早川と別れ、東急田園都市線の池尻大橋《いけじりおおはし》駅に向かって歩いて行くと、安斎が言った。

「じゃあ、自分もここで失礼します」

「そうか。君は目黒署の独身寮にいるんだったな」

「はい」

「ここから歩くとずいぶんかかるだろう」

「三十分くらいですかね。でも平気ですよ。刑事ですからね」

刑事に限らず、警察官はよく歩く。小早川も若い頃なら、三十分くらい歩くのは平気だった。

「私は、東横線の祐天寺《ゆうてんじ》から電車に乗るよ」

安斎と別れて、夜道を歩きながら、小早川は考えた。

私のゼミなどを選択して、あの子たちの進路はだいじょうぶなのだろうか。

ただでさえ、就職のしにくいご時世だ。もっと実務的で企業の関心を引くようなゼミを選ぶべきではないのか。

小早川は、大学での経験が浅い。警察学校などで教育者としての経験はあるものの、やはり警察学校と一般の大学では勝手が違う。

これまでは、警察官だった頃の体験などに触れながら、講義をすればよかった。だが、ゼミとなれば、それだけでは済まない。

ゼミ生たちをちゃんと卒業まで導いていかなければならない。そして、卒論の指導をし、就職など進路のことも心配しなくてはならないのだ。なにせ、ゼミを持つのは初めての経験だ。不安もある。

祐天寺の高架が見えてきた。小早川は顔を上げて思った。

私が不安になってどうする。教授がしっかりしないと、学生たちはもっと不安になる。

できることを精一杯やればいい。これまで、そうして生きてきたのだ。とにかく、明日は女子更衣室を調べてみよう。

小早川は、祐天寺駅の改札を通り、電車を待った。

4

小早川ゼミのメンバーが、昼休みに体育館前に集合した。

「ここには、あまり来たことがないな」

小早川が言うと、梓が尋ねた。

「そうなんですか?」

「用がないからね。学内では教室と研究室を往復するだけだな」

「食事はどうされているんですか?」

「研究室で弁当を食べる」

「わあ」

麻由美が言った。「愛妻弁当ですか？」

「いや」

小早川は言った。「私に妻はいないよ」

「え……」

「妻とは死別してね。子供もいない。私は一人暮らしだよ」

麻由美が尋ねる。

「じゃあ、お弁当は誰が……？」

「自分で作る。一人暮らしが長いから、料理は得意だ」

蘭子が尋ねた。

「奥様は、ご病気だったんですか？」

「そう。若くして亡くなった」

「再婚はされなかったのですね……」

「警察官の仕事に追われてね……。結局、気がついたら定年を迎えていた」

「そうですか……」

梓が言った。

「中の様子を見てきます。ちょっと待っていてください」

更衣室の中に消えてすぐに顔を出す。「だいじょうぶ。今は誰もいません」

小早川は、更衣室に足を踏み入れた。中央に細長いベンチがあり、両脇の壁にロッカーが並んでいるだけの、殺風景な空間だ。

突き当たりのドアの向こうがシャワールームだろう。蘭子が描いた図のとおりだった。

ゼミ生たちも入って来た。

小早川は、蘭子に尋ねた。

「ロッカーの鍵はかかっていないことが多いんですね？」

「はい。貴重品は持って出ることが多いですし……」

蓮が言った。

「ええと……。体育館で運動するときは、鍵をかけても、シャワーを浴びるときとか、かけないことが多いんです」

「なるほど……」

小早川は､更衣室内をもう一度見回してから､出入り口に向かった。ゼミ生たちもそれに続いた。

廊下に出ると、蘭子が言った。

「もっとじっくり調べるのかと思いました」

小早川はこたえた。

「様子はわかりました。あまり長居したくありませんしね。女子大の教授というのは、ただでさえ、いろいろと気を使わなければなりませんので……」

蓮が尋ねる。

「セクハラですか？」

「まあ、そういうことですね」

「でも、これって、ゼミの演習の一環ですよね」

「誰かが、着替えを覗かれたなどと私を訴えたら、ゼミの演習などという言い訳は通用しないでしょうね」

「そうでしょうか……」

梓が言った。

小早川は言った。

「李下《りか》に冠《かんむり》を正さず、瓜田《かでん》に履《くつ》を納《い》れず、ですね」

「そうですね。不用意なことをして、他人に疑われるようなことがあってはいけません。それでなくても、警察や検察はあらゆる人を疑っているのですから、誰かに証言されたり、不利な証拠になるようなことは避けなければなりません」

蘭子が言った。

「痴漢の冤罪《えんざい》で捕まって、無罪を証明するのがものすごくたいへんだったという映画がありましたね」

小早川はうなずいた。

「警察や検察は、被疑者を検挙した瞬間から落とすことだけを考えています。あらゆるプレッシャーをかけて、被疑者から自白を取ろうとします。犯罪者と戦う最前線にいるという自覚があるからです。その戦いは決して楽なものではないのです」

「その自覚が、しばしば行きすぎて、冤罪を生むのですね」

「冤罪はたしかにあってはならないことです。しかし、現場の警察官にしてみれば、日頃相手にしているのは、したたかな犯罪者たちです。生半可な対応では、彼らを検挙し裁くことはできません。本当に毎日が厳しい戦いなのです。それを理解していただきたいですね」

蘭子はさらに言った。

「それはわかりますが、冤罪を容認するなら、刑罰そのものを認めることができなくなります。罪を犯していない者に極刑を与えることにもなりかねないからです」

「法律とそれにたずさわる者は、常にそのことを考えていなければならないと思います。こうした身近な出来事でも、決して無実の人に罰を与えるようなことがないようにしなければなりません」

「慎重に対処します」

蓮がおずおずと尋ねた。

「それで、犯人の目星はついたのですか？」

小早川は、蓮に言った。

「あなたは、おわかりなのですか？」

蓮は驚いた顔になった。

「いえ、私にはさっぱり……」

「ならば、私にもわかりませんよ。これまでのところ、みなさんと私が接した情報はほとんど同じです。むしろ、安達さんや戸田さんのほうが、情報を多くお持ちでしょう」

「あら」

麻由美が言った。「先生なら、見事な推理でまたたく間に犯人を見つけてくれると思っていたんですけどね」

小早川はほほえんだ。

「推理は、正確なデータの積み重ねです。不正確なデータであったり、情報が不足していては、それこそ間違った人を犯人にしてしまいかねません」

梓が興味津々《しんしん》といった顔で言った。

「聞き込みとかも、しますか？」

「そうですね……」

小早川がそこまで言ったとき、廊下の向こうにいる清掃員の姿に気づいた。中年の女性だ。制服姿で、清掃用具を載せたカートを押している。

小早川は、彼女に近づいて声をかけた。

「すいません。ちょっといいですか？」

五人のゼミ生は、小早川を追ってきた。

女性清掃員は、驚いた顔で小早川とゼミ生たちを見た。

「何でしょう？」

「いつも、ここを掃除されているのですか？」

「ええ、体育館のこちら側は私が担当しています」

「担当はあなたお一人ですか？」

「そうです」

「いつから担当されているのですか？」

「そうですね。私が今の会社に雇われてからだから、三年になりますか……」

「三年……」

「あの……。どうかしたんですか？　清掃に問題があるとか……」

「いいえ、そういうことではなくて……。ここを他の方が清掃されることはありますか？」

「いいえ、私が担当ですから……」

「更衣室の中も、あなたが清掃されるのですか？」

「ええ。更衣室、シャワールーム、トイレ……。全部、私がやります」

「男性が更衣室を清掃されることはないのですね？」

「うちの会社もね、気を使いますよ。女子大ですからね。お嬢さんたちが着替えたりシャワーを浴びたりするところを、男が掃除したりすると、何かと問題が起きがちでしょう。そういうのは避けたいじゃないですか」

「そうですね。わかりました。ありがとうございました」

小早川は、女性清掃員に礼をして体育館の裏口に向かった。

「なるほど、ここを通れば、こちら側の廊下から外に出られるわけですね？」

蘭子がこたえた。

「そうです。そして、出られるということは、侵入することもできるということです」

「そういうことになりますね。さて、私は研究室に戻りますが、皆さんはどうされますか？」

蘭子が言う。

「私は研究室で、盗難事件について先生のご意見をうかがいたいと思います」

蓮が言った。

「私も研究室に……」

他の三人は何も言わなかったが、どうやら彼女らも研究室に来るつもりのようだ。

「では移動しましょう」

小早川は、自分の靴を置いてある体育館の正面玄関に向かった。

五人のゼミ生がお決まりの席に座ると、小早川は言った。

「更衣室やシャワールームを担当している清掃業者は女性でした。……ということで、西野さんの説は否定されたことになります」

麻由美が言う。

「清掃業者なら、更衣室に近づいても怪《あや》しまれないという説ですね。でも、本物の清掃業者である必要はないわけですよね」

小早川は尋ねた。

「どういうことですか？」

「楓が言いたかったのは、清掃業者の恰好をしていれば、不審者に見えないということでしょう。つまり、清掃道具と制服らしい衣服をどこかから調達してくればいいわけです」

「どうでしょう。それでは手間と費用がかかりすぎるような気がします」

「手間と費用が……？」

「そうです。こう言ってはナンですが、靴を片方盗むだけなんです。そのために制服に見える作業服や、清掃道具を買いそろえるのは、割りに合わない気がします」

梓が言った。

「犯罪はどれも、割りに合わないのではないですか？」

「それはそうなんですが、盗難は場当たり的な犯行が多いのです。計画性があったとしても、準備に金をかけたりはしません」

「先生は、清掃業者説を否定されるのですね？」

「現場近くで、男性の清掃業者を見たという目撃情報でもあれば別ですがね……」

蘭子が言った。

「そういう情報はありません」

楓が言う。

「私も聞いたことがありません」

「さて、それではそろそろ結論を出しましょうか」

「え……」

蘭子が目を丸くした。「まだ、情報が少ないので推理はできないとおっしゃいませんでしたか？」

「ちょっとしたことが推理の引き金になることがあります」

「あの女性清掃員が、その引き金になったのですか？」

「そういうことです」

「では聞かせてください」

蘭子がそう言うと、五人のゼミ生は小早川に注目した。

「被害にあった方々に、何か共通点はありませんでしたか？」

小早川が尋ねると、蘭子は首を捻《ひね》った。

「そういえば、同じ学年だったと思います」

「何年生ですか？」

「二年生ですね」

「バレーボールサークルで、被害にあわれたのは三人でしたね？」

「そうです」

「その三人は、何かトラブルを抱えていませんでしたか？」

「さあ……」

「誰かに怨《うら》まれるとか……」

蘭子は、眉をひそめた。

「どうしてそんなことをお訊《き》きになるのですか？」

麻由美が言った。

「そうよ。犯人はヘンタイの男性でしょう？　トラブルなんて関係ないんじゃないですか？」

小早川は言った。

「犯人は女性です。そして、サークル内部の人の仕業でしょう」

麻由美は驚いた顔になった。蘭子も同様だった。

蘭子が、納得できないという顔つきで言う。

「まさか、サークル内に犯人がいるなんて……」

麻由美が言う。

「どうして、犯人がサークル内部の人間だと思われるんですか？」

小早川はこたえた。

「犯人が靴を盗む目的を考えてみたのです」

梓が言う。

「フェチなんじゃないですか？」

「それについて考えてみました。靴というのは、更衣室から盗み出すのに、ちょっと中途半端な気がしました」

梓が聞き返す。

「中途半端、ですか……」

「そうです。あなたが言われるように、フェティシズムが動機の盗みだとすれば、安斎が言ったように、別のものも盗むような気がするのです」

「下着とか……」

「そう。そのほうがトロフィーとして価値があるからです」

「トロフィー……？」

梓が鸚鵡《おうむ》返しに尋ねると、蘭子が言った。

「犯罪における記念品ですね。連続殺人犯などが、犯罪を繰り返し思い出すために、記念として持ち帰るもののことを言います」

「そう。窃盗でも特に下着泥棒などのフェティシズムが動機の場合は、犯人にとって盗品がそのままトロフィーとなります」

　蓮が、ひかえめに言う。

「あの……。靴あたりが無難だと思ったんじゃないですか？　下着とかだと罪悪感が強すぎて……」

　小早川はこたえた。

「もし、犯人がフェティシズムを満足させようという男性なら、更衣室に盗みに入るという行為と、無難なものを持ち帰るという事実が、釣り合わないのです」

「どういうことですか？」

　小早川の代わりに蘭子がこたえた。

「男性が女子更衣室に忍び込むというのは、思い切った行動なのよ。それくらいのリスクを覚悟するなら、もっと価値があるものを盗んでいくはずだ、ということでしょう」

「そういうことです」

「でも」

　蓮が言う。「必ずしもそうだとは言い切れないでしょう」

「一例だけなら、あなたの言うとおりかもしれません。しかし、同様の犯行が三例も続いたのです」

　梓が尋ねた。

「じゃあ、動機はフェティシズムじゃないということですか？」

　小早川はうなずいた。

「女子大の中で、男性が女子更衣室に近づくのが、思ったよりずっと難しいことが、現場に行ってわかりました。たしかに女子更衣室がある廊下は、裏口に続いています。ですから、その廊下にやってくることは可能です。しかし、そこから女子更衣室に侵入するというのは別問題です。体育館には人の出入りもあります。常に人目があるのです」

梓が言った。

「それでも、不可能ではないと思います。うまく人目を避けて侵入すれば……」

「靴を盗まれた状況を考えてください。被害者は、一人だけ残ってシャワーを浴びていたのですね？　そのとき更衣室には誰もいなかった……。じっと様子を観察していなければ、そんなタイミングに侵入できないでしょう。そして、男性が更衣室の様子をうかがっていたら、すぐに不審者扱いされてしまうはずです」

五人のゼミ生は、それぞれに小早川の言葉を頭の中で検討している様子だった。

小早川はさらに言った。

「男性で唯一の可能性は、西野さんの清掃員説でしたが、それは、先ほど否定されました。つまり、男性の犯行の可能性は限りなく低くなったということです」

蘭子が質問する。

「男性の犯行ではないから、フェチが動機ではないとおっしゃるのですね？」

麻由美が言う。

「まあ、女性でも特殊な趣味の人はいるけどね……」

蓮が顔をしかめて言う。

「え、女性が女性の靴のにおいを嗅いだりするの？」

麻由美が意味深な笑みを浮かべる。

「そういう人だって、いるのよ」

小早川は言った。

「そういう趣味の女性がいることも否定はできませんが、それより可能性が高いのは、フェティシズムではない動機で犯行に及んだということだと思います」

蘭子が眉をひそめる。

「だから、トラブルを抱えていないか、と……」

「そう。一番可能性が高いのは、嫌がらせだと思います。被害者三人の共通点は、学年だけでしょうか？　他に何か、考えられることはありませんか？」

「そうですね……。三人はレギュラーメンバーですが……」

「レギュラーメンバーというのは、試合に出場するメンバーということですね」

「そうです。私たちは、いくつかの大学サークルで構成している東京リーグに所属していて、定期的に試合をやっています。その他にも、他大学と練習試合などもやり、そういう試合に出場するのは、当然ながら選ばれたメンバーということになります」

「へえ……」

麻由美が目を丸くする。「けっこう、本格的にやってるんだ。今どき、球技で試合やるっていうと、メンバー集めにたいへんなのにね」

蘭子がそれにこたえる。

「中学や高校でバレーボールをやっていたという人は、意外と多いのよ。部活はきつかったけど、サークルなら気楽に楽しめるというんで、人数はけっこういる」

小早川は尋ねた。

「レギュラーメンバーの構成は？」

「ご存じのとおり、バレーボールのメンバーは六人。それに交代要員が六人まで認められていま す。そして、その十二人のうちの一人をリベロに指定することができます」

「リベロ？」

「守備専門の選手で、何度でも交代できます」

「では、レギュラーは、全部で十二人ということですか？」

「最大で十二人ということです。チームによっては、それ以下のこともあります。うちのチーム の場合は十二人です」

「学年の構成を教えていただけますか？」

「三年生が六人、二年生が三人、一年生が三人です。スターティングメンバーはそのつど入れ替 わりますが、たいていは、三年生が中心になります」

麻由美が言う。

「へえ、一年生もいるのね」

「中学、高校で活躍した選手は、即戦力だからね」

小早川は蘭子に尋ねた。

「レギュラーから外されたサークル会員は、どれくらいいらっしゃるのですか？」

「一年生で二人、二年生で一人、三年生は全員がレギュラーです」

楓が尋ねる。

「あら、すると、会員は三年生が六人、二年生が四人、一年生が五人ということね。三年生が一番多いのね」

「今の四年の代はもっと多かった」

蘭子がこたえた。「先細りなのね。私たちが引退したら、全員がレギュラーということになるかもしれない」

蓮が、はっと気づいたように言った。

「二年生四人のうち、三人がレギュラー。その三人が靴を盗まれている。レギュラーから外れている二年生が怪しいということですか？」

小早川はかぶりを振った。

「そう決めつけてはいけません。ただ、レギュラー三人と、レギュラーでない一人の間に、何かトラブルがあったかどうか、調べてみる必要があるかもしれません」

蘭子がまた首を傾げる。

「四人は仲がよくて、トラブルがあったなんて考えられませんが……」

麻由美が言う。

「表面を見ていてはわからないもんよ。一人だけレギュラーを外されるなんて、絶対面白くないはずよ」

蘭子が麻由美に言った。

「どうかしら。蓮田《はすだ》は、むしろ二年生の中心的人物で、冷静に戦力を判断して自分が引いた、という感じなんだけど……」

「蓮田さんというのが、レギュラーから外れた子？」

「そう。蓮田奈津美《なつみ》。日本文学科」

「それがさ、表面的だって言うのよ。きっとその蓮田奈津美って子は、内心面白くなかったのよ。学年の中心的人物だって？　つまり、優等生タイプってことよね？　そういう人は自分を抑え込んじゃうから……。不満が鬱積《うっせき》して犯行に及ぶってこともあるんじゃない？」

小早川は苦笑した。

「憶測だけで容疑をかけてはいけません。安達さんが言われたように、冤罪は容認できませんからね」

「でも、筋を読むのは大切なんでしょう？」

「おや、筋読みなどということを、よくご存じですね」

「刑事ドラマや刑事ものの小説が好きなんです。だから、このゼミを取ったんです」

「なるほど、そういうことでしたか」

刑事ドラマや警察小説が好きだという理由でこの場にいるのは、麻由美だけではないだろう。

麻由美がさらに言った。

「その蓮田って子に話を聞いてみるのも悪くないでしょう？」

蓮が驚いた顔で言った。

「え、私たちが聞き込みや取り調べみたいなことをやるの？」

麻由美が蓮に言う。

「当然でしょう。ゼミの演習よ」

どうだろう、と小早川は思った。

たしかに犯罪捜査について学ぶことが目的のゼミで、そのための演習も考えてはいる。だが、実際に学生を尋問するとなると、いろいろ問題も生じるだろう。

第一、蘭子が難しい立場に立たされることになる。同じサークルの後輩を詰問することになりかねないからだ。

「そういうことは、慎重にやらなければなりません」

小早川は言った。「蓮田さんご本人に話を聞く前に、三人のレギュラーと蓮田さんの間にトラブルがなかったかどうかを調べるべきでしょう」

麻由美が言った。

「それは蘭子の役目ね」

蘭子が麻由美に聞き返す。

「私が……？」

「そうよ。サークル内のことだから、探れるでしょう？」

「それはそうだけど……」

「何よ。靴の盗難事件を解決してくれって言い出したのは、蘭子よ。人に捜査や推理を任せといて、自分は高みの見物をするつもりだったの？」

麻由美は、見た目は派手で遊び好きに見えるが、実はけっこうしっかり者で仕切り屋のようだ。

蘭子が言った。

「そんなつもりはない。でもね、四人の二年生は、本当に仲がよくて、トラブルなんてなさそうなのよ。きっと、来年はそろってレギュラーになるだろうし……」

「とにかく、調べてみることよ。もし、トラブルがあったなら、蓮田って子に話を聞かなければならないということになる」

蘭子は黙り込んだ。

小早川は言った。

「人を疑うのは、決して気持ちのいいものではありません。ですが、犯罪捜査にたずさわる者は、あえてそれをしなければならないのです」

蘭子が顔を上げて言った。

「わかりました。調べてみます」

5

ゼミ生たちが部屋から出て行くと、小早川は時計を見た。午後一時半を過ぎている。

まだ昼食を食べていなかった。

午後の最初の授業はない。学食もすいているだろうから、ゆっくりと食事をしようと思った。

三宿女子大は、二時限を授業の一つの単位としている。一時限は四十五分で、二時限連続で授業をするので、実質九十分間の授業ということになる。

午前九時から一・二時限の授業がある。十五分間の休みがあって、十時四十五分から三・四時限の授業だ。

昼休みは四十五分間で、午後一時から五・六時限の授業があり、さらに、十五分の休みの後に、十四時四十五分から十六時十五分まで、七・八時限の授業がある。

今日は、七・八時限の『刑事政策概論』の授業があるだけだ。

いつもは弁当を作ってくるのだが、今日はその気分ではなかった。午後一番の授業がないときは、弁当を作らないこともしばしばある。

教授たちは、あまり学食を利用しないようだが、小早川は時々利用していた。

女子大らしく、健康と美容に気を使ったメニューが多い。野菜が豊富なのがいいと、小早川は思った。

一人暮らしをしていると、どうしても栄養が偏《かたよ》る。そして、警察官はどういうわけか大食いになる。

現職の頃はそれなりに運動量が多いので、なんとか体型を保っていられる。

退官すると、とたんに体を動かさなくなるが、食生活だけは変わらない。勢い、急激に太り出す。妻がいれば、いろいろと気を使ってくれるだろうが、一人だとつい食生活には無頓着になってしまう。

その点、三宿女子大には、生活科学部があり、生活デザイン学科、管理栄養学科などで栄養学を学ぶ。だから、学食でも栄養のバランスやカロリーを考えたメニューが多いのだ。

小早川は、自分が学生の頃のことを思い出していた。

当時は金もなく、ただ安いものが食べられるという理由だけで学食を利用していた。もう四十年以上前のことだ。

学食のメニューは、簡単なものばかりで、肉があまり入っていないカレーライスや、タマネギだけのかき揚げが載ったそばなんかを食べていたものだ。

三宿女子大の学食は、学生たちの間ではカフェテリアと呼ばれている。内装も大学の学食とは思えないくらいにおしゃれだし、若い女性がいるというだけで、華やいだ雰囲気になる。

小早川は、二つある今日の定食のうち、大豆ハンバーグ・デミグラスソース定食を選んだ。たっぷりのサラダもついている。

思ったとおり、カフェテリアの中はすいている。小早川は四人掛けのテーブルを独占して、ゆったりした気分で食事を始めた。

大豆ハンバーグは、驚くほどうまかった。ソースがしっかりしているせいだろうか。大豆でできた代用肉とは思えない食感だ。

今や、代用肉という概念ではなく、大豆ミートは立派な食材と言えるのかもしれない。健康志向で需要も増えているのではないだろうか。

俺のような老人にはもってこいだと、小早川は思った。肉をよく食べる人は長生きだという統計があるそうだが、それは、数字のトリックかもしれないと、小早川は思っている。

肉をよく食べる人が長生きなのではない。年を取っても元気な人が肉を食べているに過ぎないのだ。

だから無理に肉をたくさん食べても長生きができるわけではないと、小早川は思う。沖縄《おきなわ》は、かつては長寿県だったが、米軍の影響で肉食が増え、寿命が短くなったということだ。

「ここ、いいですか？」

声をかけられて、小早川は顔を上げた。

人間文化学部の教授だ。日本語日本文学科の教授で、名前は竹芝《たけしば》だ。たしか、年齢は五十六歳だったと思う。小早川より七歳も若いのだが、見た目は同じくらいか、へたをしたら年上に見える。

頭部がかなり薄くなっているせいもあるし、体格が、こう言っては失礼だが、かなり貧弱なせいもあるだろう。

背が低い上に猫背だ。竹芝教授は、トレイの上にそばのどんぶりを載せていた。

小早川は、笑みをみせてうなずいた。

「どうぞ」

「おや、大豆ハンバーグですか。どうも、私はそういうの、だまされているような気がして、だめですね」

「そうですか？　食べてみるとなかなかいけますよ」

竹芝教授は、曖昧な笑いを浮かべて、そばをすすった。山菜そばのようだ。あっさりしたものが好みなのだろう。

消化器が強くないのかもしれない。だから、ひょろりとした体格をしているのだろう。もしかしたら、何か病気をしたことがあるのかもしれない。

おっと、同僚のことをあれこれ推理するもんじゃないな。刑事の悪い癖が出た。

小早川は、そんなことを思った。

竹芝教授が言った。

「いやあ、おたくはいいですな」

「は……？　何のことでしょうか？」

「昨夜、ゼミ生と飲みにいらしたらしいじゃないですか」

「ええ。それが何か……」

竹芝教授は、箸《はし》を停め、慌てた様子で言った。

「あ、いえ、別にそれについてどうこうというわけじゃないんです」

「問題があるならおっしゃってください。私はゼミを持つのが初めてで、他の方がどうやってお
られるのか、よくわからないのです」

「いえいえいえ、問題なんてとんでもない。私はね、つくづくうらやましいと思っているんですよ」

「うらやましい……？」

「そうです。私は、日本文学のゼミを持っていますが、文学なんて今どき地味でしょう？　学内
でも、そういう就職に役立たないゼミはやめさせる方向で考えているようです」

「本当ですか」

「ゼミだけじゃありません。文学なんてやっても実社会じゃ何の役にも立たないと言って、学科
自体をなくすことも検討されているようです」

「まさか……」

「本当のことですよ。今の大学の学部や学科を見てごらんなさい。人間文化学部だとか、人間社
会学部だとか、わけのわからない名前になってしまって……。昔は、わかりやすかったですよ。

文学部に外国語学部、経済学部……。学科も、英文科、仏文科、日本文学科……」

「どうしてそんなことになってしまったのでしょう……」

「社会のニーズだ、とか言ってますが、要するに、大学が専門学校化してるんです。就職に有利じゃないと学生が集まらないんですね……」

小早川はクビを捻った。

「大学というのは、就職のためにあるわけじゃないでしょう。学問というのは、経済活動から独立していると思っていました。学問そのものが人類にとって尊いものなんじゃないですか？」

竹芝教授は、ずるずるとそばをすすった。

「そういう考え方は、もう古いんだそうです。大学も社会における役割を担わなければなりません」

「専門学校のように？」

「専門学校のように、です。そうしないと、特に私学には学生が集まりません」

「なんだか、世の中がどんどん世知辛《せちがら》くなるような気がします。大学なんて、世俗からかけ離れたところで、どーんと構えて、学究にいそしむ場だと思っていました」

「本来は、そういうところであるべきだと、私も考えていました。しかし、政府の方針だとか、いろいろありましてね……。私学は国から助成金をもらって成り立っていますから……」

「はあ……」

「ですから、就職に役に立たない、日本文学なんてゼミには、当然学生は集まりませんし、大学も力を入れようとはしません」

「何人いらっしゃるのですか？」

「え？」

「ゼミの学生さんです。何人いらっしゃるのです？」

「ああ、うちのゼミですか？　十二人ですよ」

「私のゼミの倍以上ですね。立派なものじゃないですか」

「課題が楽ですし、実習なんかもまったくやりませんからね。やる気のない学生が集まるんです。ただ、ゼミに参加してさえいれば、単位は取れますし、いちおう卒論の指導もします。卒論も、よほどのことがない限りそのまま通しますからね」

小早川はちょっと驚いて、竹芝をしげしげと見つめた。

竹芝は、居心地悪そうに身じろぎをした。

「何ですか？　私が何か変なことを言いましたか？」

「いいえ、そういうゼミのあり方は、先生にとっても学生にとっても、あまり意味がないんじゃないかと思いまして……」

「学生にとっては意味がありますよ。楽をして卒業できますからね。そして、私にとってもメリットはあります。毎年、一定数の学生が集まりますから……。そういうのも、実績になるんです」

「実績ですか……」

「そうです。そうすることで、学内での立場も上がりますし、別な大学からも声がかかるかもしれません」

なるほど、竹芝教授は出世のことを考えているのだろう。学問の世界の生え抜きならば、当然だ。小早川とは立場が違う。

それは理解できるが、なんだか釈然《しゃくぜん》としない気がした。

「しかし……」

小早川は言った。「やる気がある学生だっているでしょう」

「そりゃあね。出版社なんかに勤めたいという学生もいますよ。作家になりたいと思っている学生もいます」

「そういう指導もなさるのですか？」

竹芝は顔をしかめた。

「カルチャーセンターじゃないんです。小説の書き方なんて教えませんよ。あくまでも、過去の作品について批評したり、文学史上の意味を論じるのが、第一の目的です」

「なるほど……」

「まあ、熱心な学生は、二、三人というところでしょうか。あとは、楽に単位を取るために出席しているんです」

「先生は、日本文学について教えられることに、誇りをお持ちなんですよね」

「誇りですか……」

竹芝は、少しばかりうろたえた様子を見せた。「そりゃあ、私の専門ですから……」

「だったら、堂々と学生を指導なさればいいじゃないですか。文学の何たるかを教えるためには、多少厳しくされる必要もあると思います」

「それでは学生が集まらなくなります。なにせ、先生のゼミほど魅力的ではありませんからね」

「それぞれに魅力はあると思います」

「継続捜査ゼミですか……。なんとも、面白そうじゃないですか。しかも、かつて警視庁にいらした元刑事さんが教鞭《きょうべん》を執《と》られるのです」

「でも、学生はたった五人ですよ」

「まだ一年目でしょう。これからどんどん増えていくに違いありません」

「学生を増やすのが目的ではありません」

「先生のゼミや講義に人気が出て話題になれば、大学としてもありがたい話ですよ」

「あの……」

すでに定食は食べ終えていた。「何か話がおありだったんじゃないのですか？」

「は……？」

「他に空いているテーブルがいくつもあるのに、わざわざここを選ばれたのですから……」

「あ、できれば、お教えを乞《こ》おうと思いまして」

「私が先生に何をお教えできると……」

「ですから、ゼミの飲み会です」

「は……」

「私は、長いことゼミをやっていますが、学生たちと飲みに行ったことがありません」

「それで……？」

「どうしたら、先生のように、ゼミの学生たちと飲み会ができるのか、教えていただこうと思いまして……」

「どうしてと言われましても……」

小早川は戸惑《とまど》った。別に飲み会は、小早川が言い出したことではない。「最初のゼミなどで懇親会を兼ねて、どこかに行ったりはなさらなかったのですか？」

「そんな雰囲気じゃないですよ。誰もが、早く時間が過ぎてゼミが終わるのを待っているという感じなんです」

「それは、先生の被害妄想なんじゃないでしょうか」

「飲み会を無理強いすると、アカハラだと言われかねません」

「じゃあ、希望者だけを連れて飲みにでかければいいじゃないですか」

「そんなことをしたら、えこひいきだと言われます。それに、特定の学生を連れて行ったりしたら、セクハラの嫌疑をかけられかねません」

小早川はあきれてしまった。

竹芝教授はどうやら、苦情を言いにきたわけではないようだ。そう思い、小早川は、ほっとした。学内では新参者だ。今周囲の顰蹙《ひんしゅく》を買って孤立したくはない。

「あの……」

小早川は尋ねた。「私とゼミ生が飲みに行ったことを、どうしてご存じなのですか？」

「ああ、そういうことは、自然と耳に入ってきますよ」

「学内で話題になっているということですか？」

「話題になっているというほどじゃないですよ。でも、教授連中は、学内の動きを常に気にしていますからね」

「ほう。そういうものなんですか」

「あなただって、学内のことは気になるでしょう」

「はあ……」

実は、まったく気にしていなかった。

大学で働きはじめた当初は、他の教職員がどういうやり方をしているのか、さすがに関心があった。

経験がなく不安だったからだ。だが、そのうちに、どうでもよくなってきた。

他の教職員とは、所詮出発点が違うのだと考えるようになったのだ。大学の教職員の大多数は、学部を卒業して大学院に進み、講師、准教授を経て教授になる。学究が専門で、大学の外のことをあまり知らない。

一方、小早川は警察一筋で、大学のことなど、ほとんど知らないのだ。大学は出ているが、なにせ四十年も前のことだし、学部を卒業するだけでは、大学がどういうものかなどわかるはずもない。どうせ、立場が違うのなら、同じことをやろうとしても無理だ。自分なりのやり方で教えればいい。

小早川はそう思った。それから、楽になった。開き直ったことでぎこちなさがなくなったのか、講義に臨む学生たちの反応もよくなった。

そういうのは、手に取るようにわかる。学生の反応は常に気にしなければならないと思っていた。小早川が大学にいる最大の目的は、学生にものを教えることだ。出世することでも、名を売ることでもない。

だから、学内の他の教授の動向よりも、どうやったら学生の関心を引くことができるかを考えていた。

「警察にいらっしゃるときも、周囲のことは気になったんじゃないんですか？　同期の誰々が出世したとか……」

竹芝に言われて考えてみた。

実は、警察にいたときも、周囲のことはあまり考えていなかったような気がした。主に刑事畑を歩んできたせいかもしれない。

他の部署、特に管理畑にいたら、出世のことが気になったかもしれない。刑事は、警察の中でもちょっと特殊なのだ。

「どうですかね……」

話が逸《そ》れてしまったような気がした。「それで、私がゼミ生を連れて飲みに出かけたことですが……」

「ああ、そう。その話でしたね」

「それが、学内で批判的に語られているということでしょうか」

「あ、いやいや、そういうことではないのです。さすがだ、という意見が多いですね」

何が「さすが」なのだろう。

「それを聞いて安心しました。私は大学のしきたりとか約束事といったことを、よく知りません」

「しきたり？　そんなものはありませんよ」

「でも、何というか、皆さんの暗黙の了解事項とか、他の世界から見たらわからないことがあるでしょう」

「まあ、それはどんな世界にもあることでしょう。大学に限ったことではありません。あまりお気になさらないことです」

「はい」

「どうやって誘われたのですか？」

「は……？」

「学生たちです。飲みに誘われたのでしょう？」

「私が誘ったわけではありません」

竹芝は、心底驚いた顔になった。

「誘ったわけではない……。じゃあ、どうやって学生たちを連れて飲みにでかけることができたんですか？」

「何となくですね……」

「何となく……」

竹芝は、信じられないようなものを見る顔になった。

「そうです。ゼミの終盤で、ある学生が学内で起きている問題を解決してくれと言い出しましてね。それで話が終わらなくなり、夕食でもとりながら続きをやろうということになったのです」

「学内で起きている問題？　それはどんな問題ですか？」

「それはちょっと……」

「あ、すいません。立ち入ったことを質問してしまったようですね。では、飲みに行こうと、先生のほうから言い出されたわけではないのですね？」

「ええ、学生のほうから言い出しました」

竹芝は、大きく息を吐《は》き出した。

「今どき、そんな学生がいるとは驚きました」

「そうですか？　学生は、今も昔もそれほど変わっていないように思いますが……」

「いや、そんなことはありません。個人主義というのでしょうか、権利意識が強いというのでしょうか……。私たちが学生の頃は、ゼミだろうが部活だろうが、仲間と飲みに行くのが楽しみでした。でも、今の学生は、そういうのを面倒臭いと感じるようなのです」

「今の学生、と一括《ひとくく》りにしてはいけないと思います。いつの時代でも、人はそれぞれです。飲みに行くのを面倒だと思う学生もいれば、楽しみだと思う学生もいます」

「そうでしょうか……」

「そうです。たまたま私のゼミには、仲間と飲みに行ったりするのが好きな学生が集まったのかもしれません。人数も少ないですから、ばらつきもありません。先生のゼミは、私のところより人数が多いですから、それだけいろいろなタイプの学生が集まっているということなのでしょう」

「ゼミの続きを、飲み会でやろうという話になった……。そうおっしゃいましたね？」

「ええ、そうです」

「そもそもそれが信じられないのです。さきほど申しましたが、うちの学生は、ゼミが終わるのをただひたすら待ち続けているんです」

「そうではない学生もいるはずです。関心がない学生のことより、関心を持っている学生のことをお考えになるべきです」

竹芝は、ぽかんとした顔で小早川を見た。「あなたのように前向きな方に、学内で出会ったことがありません」

「そんなことはないでしょう。それも今申したのと同じことです。前向きでない人のことばかり、注目なさっているのではないですか？」

竹芝は、少しばかり興奮した表情になった。

「やはり、実社会でばりばり活躍された方は違いますね。いや、感銘を受けました」

「別にばりばり活躍したわけではありません。普通に退官まで勤めただけのことです」

「いや、お言葉に説得力がある。それが学生を引き付けるのでしょうな」

「私にそんな力はありません」

「ゼミの内容も魅力的なのでしょうね」

「私にできることをやっているだけです。先生は、長年にわたる研究で、多くの知識を蓄えていらっしゃるのでしょう。でも、私には、警察官としての経験しかないのです。それを学生に伝えるしかありません」

「それは実に面白そうじゃないですか」

「先生の講義やゼミを面白いと感じている学生もいるはずです」

「そうですかな……。そうは思えませんね……」

「先生は、面白いとお感じになっているのでしょう？」

「はあ……」

「え……？」

「長年研究をされているのは、日本文学が面白いとお感じだからでしょう」

「そりゃそうですよ。人が言葉を用いて、人を感動させる。そのメカニズムは不可思議であり、また魅力的でもあります」

「その面白さをそのまま学生にぶつけてみてはいかがですか？」

「ひとりよがりだと言われるだけです。学生は、私が何を面白がっているかなんて、まったく関心がないんですよ。なるべく楽をして単位を取ることしか考えていないのです。だから、私はその要求にこたえようとしているのです」

「それはもったいないですね」

「もったいない？」

「ええ。ただ単位を与えるためだけに時間を費やすのは無駄なことです。せっかくのチャンスなんです」

「チャンス？　何のチャンスなんでしょう」

「先生が感じていらっしゃる面白さを学生に伝えるチャンスです。本当に先生が面白いと思っていらっしゃることについて、学生が興味を持たないはずがありません」

「そうでしょうか……」

「きっと学生たちも、先生が本気で何かを伝えようとするのを待っていると思いますよ」

「私は長年、この大学で教鞭を執ってきました。いろいろなことを経験しました。その上で言うのです。学生たちは、私の熱意になど関心はないのです。彼女らの最大の関心事は就職です」

「私に教えを乞いたいとおっしゃいましたね。ならば、頭から否定しないで、私の言うことを、少しは考えてみてください」

竹芝教授は、はっとした顔になった。

「あ、すいません。先生がおっしゃっていることを否定しているわけではないのです。ただ、自信がないのです」

「自信がないのは私も同じです」

「そんなことはないでしょう」

「ただ、私は、私自身が興味を持っていることをそのまま学生たちに伝えようと思っています。私は捜査が好きでした。だからこそ、刑事畑を長く歩いてこられたのだと思います。辛いと思ったこともあるし、もう辞めようと思ったこともあります。でも、結局、私は警察の仕事が好きだったのです。その気持ちをまるごと学生たちにぶつけようと思っています。学生たちが、時間を超えてまで語り合おうとしてくれたのは、もしかしたら、そういう思いが通じたのかもしれません」

「はあ……」

小早川は、にっこりと笑った。

「先生も、だまされたと思ってやってみてはいかがですか?」

竹芝教授は、どこか恥ずかしそうに言った。

「私だって、あなたが犯罪捜査をお好きなように、文学が好きなのです。言われてみたら、その気持ちを学生たちの前で語ったことはありませんでしたね。いかに文学が面白いか、それをゼミ生たちに、もう少し話してみてもいいかもしれませんね」

「やってみることです」

「やあ、なんだか、院生時代に戻ったようにやる気が出て来ました。ありがとうございます。あなたとお話しできてよかった」

竹芝教授は、そばのどんぶりを載せたトレイを手に、立ち上がった。

小早川は言った。

「いつでもどうぞ。大歓迎です」

竹芝教授は、会釈をしてから歩き去った。小早川は、その後ろ姿を見送った。会話を歓迎すると言ったのは、単なる社交辞令ではなかった。

新参者の小早川には、学内にまだ、親しい者がほとんどいない。大学で働くことを勧めてくれた原田郁子学長はもちろん親しいが、大学に来てから親しくなったわけではない。

それに、日常的に学長と顔を合わせるわけでもない。

警察にいるときは、同じ釜の飯を食った仲間がたくさんいた。同じ係の同僚たちは、まさに戦友と言ってよかった。

大学では、そういう付き合いを望むべくもないが、せめて親しく言葉を交わす相手がほしかったのだ。そういう仲間がいると、情報収集の役にも立つ。

小早川は、時計を見て立ち上がった。

すでに二時二十分だった。昼食に、四十分もかけたことになる。警察で、すっかり早飯の習慣がついてしまった小早川にしては珍しい。竹芝教授と話し込んだせいだ。

二時四十五分からの七・八時限は、授業をしなくてはならない。小早川は急ぎ足で研究室に戻り、講義の準備を始めた。

翌日の金曜日は、朝から講義やら下調べやらで忙しく過ごした。気がついたらすでに八時限が終わる四時十五分を過ぎていた。

調べ物はまだ終わらない。どうせ、自宅で待つ人もいない。気ままな一人暮らしだ。もうしばらく、研究室にいることにした。

ノックの音が聞こえて、小早川は返事をした。

「はい、どうぞ」

ドアが開いた。

「失礼します」

蘭子だった。

「どうしました？」

「サークルの二年生たちに話を聞きました」

「ほう……」

小早川は言った。「どうぞ、お座りください。何かわかりましたか」

いつもの席に座った蘭子がこたえた。

「はい。真相がわかりました」

「ほう……」

「すべて先生がご指摘されたとおりだったので、驚きました」

それほど驚いたような態度ではなかった。蘭子は、あまり感情の起伏がないように見える。

だが、表面だけ見ていてはわからない。感情が表に現れないだけのことなのだろう。それはおそらく、自制心が強いせいだ。

「靴を盗んだのは、レギュラーを外れた二年生ですね？」

「おっしゃるとおりです」

小早川はうなずいて言った。

「詳しく説明していただけますか」

「私は、二年生のレギュラーたちに話を聞きました。最初は、白川《しらかわ》めぐみという名で、セッター対角でした」

「セッター対角というのは？」

「ローテーションで、ちょうどセッターの裏側のポジションです。チームによっていろいろなタイプの選手が入りますが、うちの場合、セッターもできるオールラウンドプレーヤーの白川が入っています」

「なるほど……」

バレーボールの試合でローテーションがあることは知っていたが、それがどういう意味を持つか、小早川はよくわかっていなかった。

要するに前衛と後衛があり、後衛にいるときには、前衛と同じことはできないということなのだろうと思った。

つまり、スパイク攻撃などはやってはいけないのだ。すると、ローテーションでスパイクをやる役割の選手が後衛に下がると、チームの得点力が落ちるということになる。

そこで対角という発想が生まれるのだ。エースが後衛に下がっても得点力が落ちないように、攻撃力がある選手をエース対角に入れておくというわけだ。

セッターは司令塔となる重要な役割なので、その対角も大切だというわけだ。

おそらく、バレーボールに詳しい人に言わせると正確な理解ではないのかもしれないが、おおよそそんなところだろうと、小早川は思った。

「彼女が言うには、蓮田奈津美を仲間はずれにしたつもりはないのですが、なんとなく声をかけづらいような関係が続いていたということです」

「蓮田奈津美というのが、レギュラーを外れた二年生でしたね？」

「そうです」

「声をかけづらいというのは……」

「一年生のときは、四人で仲よくやっていたんですが、やはり一人だけレギュラーじゃないということで、食事などにも誘いにくくなったということです」

「わかるような気がします。もし、蓮田さんがあまり気にしていないとしても、レギュラーに選ばれたほうが気を使いますよね」

「白川だけではなく、他の二人のレギュラー二年生、つまり、吉原桃香《よしはらももか》と茅野春菜《かやのはるな》も、同様のことを述べています」

蘭子の話し方が、なんだか弁護士か検事のようだと思った。やはり、彼女は法律家に向いているのではないだろうか。

そんなことを考えながら、小早川は彼女の話を聞いていた。

「三人は、蓮田奈津美を仲間はずれにした覚えはないと言っています」

「ただ、結果的にそうなったのですね？」

「はい。レギュラーの三人が、蓮田奈津美を遠ざける形になってしまったようです。なんというか、腫《は》れ物に触るような対応をしているうちに、互いに接触を避けるようになってしまったようです」

「レギュラーに選ばれるかどうかというのは、それくらいに微妙な問題なのですね」

「たかがサークルと割り切ることができればいいのですが、現実にはなかなかそうはいきません」

「それで、蓮田さんにも話を聞かれたのですか？」

「はい」

「それは、なかなか勇気を必要としたでしょうね」

「私が上級生だからできたのだと思います」

「なるほど……。それで、蓮田さんは何と……」

「結論から言えば、罪を認めました」

「靴を盗んだことを認めたのですね」

「はい。最初は、否認していましたが……」

「否認ですか……」

やはり、法律家の口調だと思った。

「自分は、盗みについては何も知らないと言っていたのですが、先生のご指摘で、あることに気づいたのです」

「ほう、どんなことでしょう？」

「先生は、タイミングの話をされました。靴を盗まれるのは、被害者がシャワーを浴びている間です。そして、他に着替えている者がいないときを見計らう必要があります。そういうチャンスを狙えるのは、いっしょに行動している者だけだと思いました」

「そうでしょうね」

「練習後はたいてい、学年ごとにまとまって行動します。蓮田奈津美は、レギュラー三人といっしょに着替えたりシャワーを浴びたりしていましたから、犯行が可能だったと思いました」

「しかし、レギュラーの三人と蓮田さんの間には距離ができていたのではないのですか」

「いっしょに帰ったり、誘い合ってどこかに出かけたりということはなくなっていたはずです。でも、練習の前後はやはり同じ学年ということで、行動を共にしていました」

「なるほど……」

「蓮田には動機がありました。三人のレギュラーが気を使うことで、蓮田を遠ざける結果になったのですが、そのことで、蓮田は疎外感《そがい》を覚えたのかもしれません」

「それを、蓮田さんに話されたのですね？」

「話しました。こちらは思っていることを話すから、そちらも正直に話してほしい。そう伝えました」

「それで、蓮田さんは認めたのですね？」

「はい。最初は、白川の靴を盗みました。そのときは、ほんの出来心だったようです。でも、白川が驚き、ショックを受けている様子を見て、胸がすっとしたと、蓮田は言っていました。気が晴れたので、それで済ませようと思ったらしいです。でも、しばらくすると、すっとした気持ちが薄れてきて、また三人のレギュラーに対するもやもやした気持ちがわき上がってきたのだそうです。その気持ちが強まると、白川の靴を盗んだときの、すっとした気持ちをもう一度味わいたいと思うようになったのです。そして、今度は、吉原桃香に狙いを定め、チャンスをうかがったのです」

「そして、実行した……」

「はい。慌てふためき、変質者の仕業ではないかと言ってうろたえる吉原の姿を見て、蓮田はまた快感を味わったのだということです。しかし、その快感もやがて薄れていき……」

「第三の犯行に及んだというわけですね」

「そうです。茅野春菜の靴を盗んだのです」

「それは、ある種典型的な連続犯罪の心理パターンでもあります」

「二年生から話を聞き、先生がおっしゃったことがよく理解できたような気がします」

「私が言ったことというのは、何のことでしょう?」

「先生は、こうおっしゃいました。普通の人々と犯罪者は、それほど大きな違いはない。何かのはずみで、誰もが犯罪者になってしまうかもしれない、と……」

小早川はうなずいた。

「そうです。長年刑事をやってきて、私はいつしかそう思うようになりました。人がいつ、どんなきっかけで罪を犯すか……。それは誰にもわかりません。人は誰でも、犯罪者になる可能性を秘めているのです」

「おそらく、二年生になり、レギュラーが発表されるまでは、蓮田はごく普通の、ただバレーボールが好きなだけの学生だったはずです。そして、もし、白川の靴を盗める瞬間が来なければ、今もまったく変わらない生活を送っていたはずです」

「そうでしょうね。それが犯罪というものです。犯罪者の多くは、特別な人ではありません。何かのきっかけがなければ、一般人として普通の生活を送っているはずなのです」

「はい。それがよく理解できました」

「それで、蓮田さんの処遇についてはどうお考えですか？　警察に届けますか？」

「いいえ。その必要はないと思います。何より大切なのは、蓮田とレギュラーの三人が話し合うことだと思います」

小早川は、そのこたえに満足だった。

さすがは聡明な蘭子だと思った。

「意思の疎通が何より大切だと、私も思います。話し合うことで、互いの立場が理解できると思います」

「その上で、蓮田が三人に靴を返却すれば、ただのいたずらで済むと、私は思います」

「蓮田さんは、靴をまだ持っているのですね？」

「ええ。それは、トロフィーですから」

「それを被害者の三人に返却することで、おそらく心理的な束縛からも解放されると思います。そうすれば、連続犯罪の衝動に囚《とら》われることはないでしょう」

「その話し合いは、私が責任を持って見届けるつもりです」

小早川はほほえんだ。

「そうですか」

「気になるのは、バスケットボールのサークルでも同じような事件があったことです。たしか、二件の盗難があったということですが、それを蓮田がやったとは思えません」

「模倣犯だと思います」

「模倣犯……？」

「おそらく、靴が片方盗まれたという話を聞いて、犯人は犯行を計画したのでしょう」

「蓮田と同じような動機でしょうか……」

「さあ、どうでしょう。バスケットボールサークルのほうの犯人が、蓮田さんの事情を知っていたとは思えないですね。おそらく、別の動機ではないでしょうか」

「どんな動機でしょう」

「それは調べてみないとわかりませんが、バレーボールサークルの事件との違いを見れば、ある推理が成り立ちますね」

「ある推理……」

「まず、人数ですね。バスケットのほうは、二人でしたね？」

「はい」

「その数に意味があるかもしれません」

「数に……？」

「そして、バレーボールシューズとバスケットボールシューズの違いです」

「たしかに機能的に違いがありますが……」

「機能だけではなく、その他の付加価値にも違いがあるはずです。例えばファッション性とか……」

「たしかに、バッシュは、ファッションとしても需要がありますね。プレミアム付きとか、人気で手に入りにくいものとかがあるようです」

「そこがバレーボールシューズとの違いだと思います。もし、盗まれた靴の種類とサイズがいっしょで、なおかつ、左右が別々に盗まれたとしたら、犯人の意図が浮かび上がってきますね」

「左右が別々……。つまり、二人から盗むことで左右ワンセットがそろうということですか？」

「理屈ではそうなります。それをネットなどで売りさばくこともできますね」

「でも……」

蘭子が戸惑ったように言った。「わざわざ二人から盗まなくても……。ネットで売ったりすることが目的なら、一人から両方の靴を盗めば済むことです」

「ワンセット盗んでしまっては模倣犯になりません。蓮田さんは、三人から片方の靴だけを拝借したのでしょう？　だから、バスケットボールのほうの犯人も、片方だけを盗まなければならなかったのです」

「つまり、そちらもバレーボールサークルの犯人の犯行だと思わせることが目的だったのですね？」

「まあ、そういうことも考えられるということです。ちゃんと調べてみなければわかりません」

蘭子の眼が輝いていた。

「蓮にそれを確かめるように言ってみます」

「もし売りさばくことが目的の模倣犯だったとしたら、そちらは警察の仕事ということになるでしょうね」

「蓮は、きっとまだ学内にいると思うので、連絡を取ってみます」

蘭子は立ち上がった。「どうもありがとうございました」

戸口で礼をすると、蘭子は部屋を出て行った。

携帯電話で連絡を取り合うのだろう。

小早川が学生の頃は、誰かを探そうとしたら、学食やら部室やら、その人物がいそうな場所を訪ね歩いたものだ。

便利な世の中になったが、反面、ちょっと淋しさを感じる。友人の姿を探し求めて、学内を歩き回ったときの気持ちが懐かしく思い出された。

一人を探すために、多くの顔見知りに声をかけた。そこにコミュニケーションが生まれた。今ほど便利ではないが、それがまたよかった。

小早川はそんなことを思っていた。

6

土日は講義もなく、自宅で調べ物などをして過ごした。

家族もなく気ままな暮らしだ。年を取ると早起きになるというが、小早川は休日になると昼近くまで寝ていることがある。

警察官は、朝が早い。……というか、あまり眠らない。

若い頃は、三交代や四交代の当番勤務で、規則的に睡眠を取ることなどできない。刑事は日勤だが、事件が起きれば昼も夜もない。張り込みで徹夜することもあれば、夜明けを待って家宅捜索をすることもあった。

管理職になると、前日どんなに夜遅くなっても、早朝に出勤しなければならなかった。必然的に、睡眠時間は短くなる。

人間というのはたいしたもので、そういう生活にも慣れてしまうものだ。小早川も、現職の時代はあまり眠らなくても平気だった。

だが、もともと朝は苦手だった。退官して一番ありがたいと思ったのは、早起きしなくていいことだった。

大学に勤めはじめて、一・二時限の授業を受け持つこともあり、その日は朝が早いが、それでも、毎日のことではなく、警察ほどきつくはなかった。

土曜日は、十時過ぎまで寝ており、十一時過ぎにブランチを食べた。小早川はもともと和食派だったが、年を取るにしたがい、その傾向がさらに強まった。

パンを食べることはほとんどなく、米を炊《た》いて、味噌汁を作る。漬け物と魚の干物《ひもの》でもあれば、充分だ。

午後に、買い物がてら近所の散歩をし、あとの時間は、書斎で過ごした。

一人暮らしはたいへんでしょうと、よく言われる。

たしかに、何もかも自分でやらなくてはならないので面倒なことはある。

だが、誰かと暮らしていることの面倒に比べればどうということはないと、小早川は思っている。一人暮らしが長いので、たいていのことは自分でできるし、家事は苦にならない。そんなことよりも、自由気ままというのは、何にも代え難いのだ。

夕食を食べながらテレビを見る。これも、一人暮らし故《ゆえ》の習慣かもしれない。民放のゴールデンタイムはどこも似たようなバラエティーでうんざりする。

結局、NHKのニュースを見てしまうのだが、これも年を取ったからだろうかと、小早川は思う。いや、おそらくテレビ番組がつまらなくなったのだ。ちゃんと検証したことはないが、小早川が若い頃には、もっと見応えのある番組があったような気がする。

夕食を済ませると、また書斎に籠《こ》もって、読書や調べ物をする。こんなにゆったりとした時間を過ごすようになるなどとは、警察官の頃は考えたこともなかった。

当時は、いつも時間に追われていたし、いつ事件が起きるかわからないので、常に頭のどこかが緊張していたように思う。

そして、そういう生活が性に合っていると思っていた。だが、こうして退官してみると、意外と学究生活が自分に合っていることに気づいた。

大学の調べ物は、捜査に似ているが、それよりもずっとゆったりとしている。捜査は時間が勝負だ。そして、状況は刻一刻と変化する。

だが、学問の調べ物は、一部の例外はあるにしろ、状況はあまり変化しない。過去に書かれた論文などの文献は変化などしないからだ。たまに、その解釈や評価が変化することはあるが、おおむね過去の論文などの文献に対する評価は定まっている。

それらを読み解き、あるときは持論に取り入れ、あるときは批判していく。そして、その結果を学生たちに講義するのだ。

土曜はつい夜更かししてしまう。金曜は外出の疲れもあり、それほど遅くまで起きていることはないが、土曜は翌朝三時くらいまで起きていることは珍しくない。

時には、空が白むまで起きていることもある。もともと、自分は夜行性なのだと、小早川は思う。そういえば、中学生、高校生の頃は、ラジオの深夜放送を聴いて、午前三時頃まで起きていたものだ。大学生の頃も、よく飲み明かした。

警察官の生活が長かったので、自分が夜行性であることを忘れていたのかもしれない。

書斎で午前二時過ぎまで過ごした小早川は、ふと風呂に入ろうかと思ったが、面倒なのでやめておいた。

別に風呂嫌いではなく、入れば気持ちがいいことはわかっているのだが、どうせ文句を言う家族がいるわけではないし、誰も訪ねてはこない。

これが一人暮らしのいいところだ。

小早川は寝室に移動すると、読みかけの小説の本を開いた。

明かりがまぶしいなどと文句を言われることもない。

好きな時間に好きなことができる。

これ以上の幸せはあるだろうかと、小早川は思う。人はなぜ家族を作りたがるのか、不思議で仕方がなかった。

家族ほど面倒なものはない。結婚すれば、多かれ少なかれ独身時代の自由は失われるのだ。

子供を作れば、育児に追われ、自分の時間などなくなる。子供が生まれた同僚は、間違いなく子供中心の生活になってしまった。

休日には、旅行や遊園地に連れて行かなければならない。どこの学校に入れるかで悩み、教育費の捻出《ねんしゅつ》に苦労する。

子供に反抗期がやってくると、不快で腹立たしい思いをしなければならない。子供は一人では生きていけないくせに、生意気なことばかり言うようになる。

娘だったら、さらに悲惨だ。ある年頃になると父親を毛嫌いするようになる。妻と娘が結託し、父親の居場所は家庭内になくなる。

そんな思いに耐えながら、なぜ家族が必要なのだろうと、小早川は思う。

妻は若くして病死した。そのこと自体は悲しかったし、ひどい喪失感もあった。しばらく何をする気にもなれなかった。

食欲もなければ、夜も眠れない。仕事どころではなかった。

だが、人は生きている限りはいつかは何かを食べるようになるし、眠るようにもなる。そういうふうにできているようだ。

少しずつ心の傷も癒《い》えて、体力が戻って来ると、今度は悲しみや喪失感から逃れるように仕事に没頭するようになった。

幸か不幸か、仕事はいくらでもあるし、やればやるほど忙しくなった。そのうち、一人で生活することが当たり前になっていた。

今では、とてもではないが、それが親類縁者であれ、他人であれ、いっしょに暮らす気にはなれない。

もちろん、家庭を築いて子供を育てている人々を批判する気はない。世の中、私のような者ばかりだと、とっくに日本は滅びていると、小早川は思う。

安定した家庭を持ち、子孫を増やすのは、実に立派なことだ。ただ、自分には向いていないだけのことだと、小早川は思っていた。


日曜日は昼近くまで寝ており、ブランチを済ませるとやはり書斎に籠もり、一般教養や専門科目の講義の準備をし、さらに、次に書く論文の下調べをした。

書物を漁《あさ》っていると、つい横道に逸れていく。本来目的としていた内容とは別の事柄に興味を持ち、つい読み進んでしまう。

だが、それが決して無駄な時間でないことを、小早川は経験上知っていた。そうした、「寄り道」が、将来論文を書いたり、講義をしたりするときに、ずいぶんと役に立つことがある。

次に彼は、ゼミで扱っている未解決事件について調べはじめた。

実をいうと、安斎に適当に選ばせた事案だったので、あまり詳しく調べてはいなかった。手もとには、安斎がコピーしてくれた資料があった。

小早川はまず、現場の見取り図を眺めた。現場となった一戸建て住宅の間取りがわかる。さらに、遺体がどこにあったのかも描き込んであった。

現場は台所だった。この住宅は、今どきのいわゆるリビングダイニングとは違い、台所が独立していた。リビングルームとは、引き戸で隔《へだ》てられている。

流し台の前に、最初の被害者である結城元が倒れていた。この家の主人だ。年齢は当時七十九歳だった。

リビングルームに別の引き戸があり、玄関につながっている。玄関の脇には、二階に上がる階段がある。

二人目の被害者である結城多美が、その階段の下に倒れていた。多美は結城元の妻で、年齢は七十八歳だ。

老夫婦が自宅で殺害されるというのは、悲惨でやりきれない。

だが、同情したり暗い気分に浸《ひた》るのは、自分の役割でないことを、小早川はよく心得ている。

だから、自然にそうした感情を離れ、細かな事柄の検証に集中できた。

逆に言うと、そうした物理的な作業に頭を切り換えることで、老夫婦の死の悲惨さから逃れることができるのだろう。

それは、長年にわたる刑事生活で身に付けた術だった。

安斎の説明によると、犯人は勝手口から台所に侵入した。当初の目的は空き巣狙いだった。

だが、老夫婦は在宅していた。運命というのはそういうものだと、小早川は思った。もし、二人が外出していれば、金品は盗まれただろうが、命は落とさずに済んだはずだ。

空き巣狙いは居直り強盗となった。犯人は、台所にあった包丁で結城元を刺した。そのとき揉み合いになったのだろう。声を上げたのかもしれない。物音に気づいて、階段から下りてきたらしい結城多美をも、犯人は刺した。

これらの事柄は、状況から判断されたと、安斎は言っていた。捜査における判断というのは、単なる推理ではない。

さまざまな検証が行われ、それ以外には考えられない、という最大の蓋然性を求めた結果なのだ。だから、二人が次々と犯人に刺された、というのは事実として認めていいと、小早川は思った。

普通ならすでに犯人は捕まっていていいはずだ。強盗殺人事件で、犯人がすぐに捕まらないというのは珍しい。

二〇〇〇年に、世田谷区で一家全員が殺害された強盗殺人事件があり、その犯人がまだ捕まっていないが、これは極めて稀《まれ》な例だ。

殺人や強盗殺人は、たいてい早期に犯人が捕まる。

殺人事件は、たいてい鑑《かん》が濃いからだ。鑑が濃いというのは、人間関係が濃密であるというような意味だ。

つまり、怨恨や金銭トラブルなど感情的な問題が絡んでおり、鑑取《かんど》り捜査によってたいていは犯人が絞り込める。

強盗殺人の場合は、目撃情報が決め手となることが多い。最近では防犯カメラが捜査において威力を発揮する。

安斎の話では、この目黒署管内で起きた老夫婦強盗殺人事件の目撃情報はほとんどなかったということだ。

それが、まだ犯人が捕まっていない理由の一つだろう。昼下がりの住宅地は、案外人通りが少ないものだ。

現場付近には防犯カメラも設置されていなかったようだ。防犯カメラは年々増えているが、設置にはやはり繁華街や駅などの公共の場が優先される。

十五年前の住宅地では、防犯カメラなど望むべくもないだろう。

小早川は、あらためて建物の見取り図を仔細に眺めた。想像力を働かせ、自分がそこに立っているような気分になるまで集中した。

現職のときに、どれくらい現場に出ただろう。所轄の新米刑事のときもあったし、本部の捜査一課のときもあった。

法医学の研修を受けて、刑事調査官として現場に赴いたこともある。刑事調査官は、現在は検視官とも呼ばれる。

本来なら、検視は医師の立ち会いのもと、検察官が行うよう法律で定められているのだが、事件が多くて実情はなかなかそうはいかない。そこで、警察官による代用検視が行われる。警部・警視の階級のベテランが検視官に任命される。

小早川は、その経験のおかげで、ありありと頭の中に現場を再現することができた。飛び散った血痕《けっこん》までが見えるような気がした。

壁に飛び散った血は、細長い痕跡を描く。その方向や長さによって、犯行が行われた位置がわかる。

小早川は、遺体が倒れている方向もチェックした。刺されて仰向けに倒れるか、あるいはうつぶせに倒れるか、頭がどちらの方向を向いているか、などを見ることで、殺害時のおおよその状況がわかる。

小早川は、想像の中の現場を進んで、台所からリビングルームにやってきた。そしてさらにもう一つ戸口を通り抜けて玄関に出る。右手に階段がある。その下に、もう一つの遺体があった。

さきほどと同じように、遺体の向きをチェックする。

小早川は、腕組みをして考えていた。

犯人は、何も盗らずに逃走したと、安斎が言っていた。留守だと思って侵入したら、住人がいた。それで、度を失って台所にあった包丁で結城元を刺した。

そのときの物音か声に気づいて、二階にいた結城多美が下りてきた。おそらく夫が殺害された様子を見て動転して、階段下に立ち尽くしていたのだろう。

犯人はそれに気づいて多美をも刺して殺害した。

それが当時の捜査本部の見立てだ。

状況を見れば、誰もがそう判断するだろう。捜査本部の見立ては間違っていないように思える。

ならば、どうして犯人は捕まらなかったのだろう。

いくら考えても、結局その疑問に行き着いてしまう。

昼下がりの住宅街。

たしかに、人通りは少ない。だが、誰かが何かを見ていて不思議はない。目撃情報がまったくなかったというのは、どういうことなのだろう。

状況から見て、プロの仕業ではない。

プロの空き巣狙いなら、住人がいたからといって居直り強盗に変身することはあまりない。

さらに言えば、何も盗らずに逃走するプロはほとんどいない。

プロの窃盗犯は、自分のスタイルを重んじるやつが多い。彼らに言わせれば、それが美意識であり、矜持《きょうじ》なのだという。

盗人に矜持もへったくれもないだろうと、小早川は思うのだが、本人たちは大まじめなのだ。

空き巣狙いは、決して住人を傷つけない。だから、仕事をするときに対象の家屋が留守かどうかを慎重に調べる。

事前に、住人の家族構成や行動パターンをしっかりと調べておき、留守になるのを確認するために、監視したりする。プロの空き巣狙いは、そこまでするのだ。

また、プロ同士には独特の目印があり、住人も気づかぬように、ポストや門柱などにマークを付けるのだそうだ。

それで狙いやすい家を他の空き巣狙いにも教える。何度も盗みに入られる家があるが、それはどこかにそういう印が描き込まれていると考えるべきだ。

稀に、空き巣と強盗を兼ねる場合もあるが、滅多に人は殺さない。プロは殺人が割りに合わないことを知り尽くしている。

窃盗なら、三年ほどの懲役で済むが、殺人となるとそうはいかない。一生を棒に振ることになる。いくら犯罪者でも、いやプロの犯罪者だからこそ、そんなリスクは負わない。

では、この事件の犯人は素人《しろうと》なのか。

素人が、勝手口から侵入したということなのか。

資料を見る限り、そうとしか考えられない。

素人ならば、必ず証拠を残しているはずだ。事前にどんなに計画を立てようと、本人の考えが及ばないところで、必ず証拠を残しているものだ。

鑑識はきわめて有能だ。どんな微細な証拠も見逃さない。

どんな証拠が残っていたのだろう。安斎は、当たり障りのない資料だけを持って来た。当然だ。もし、機密扱いの捜査資料を、署から持ち出して大学のゼミに提供し、それがばれでもしたら、安斎は確実にクビだ。

だが、鑑識の報告を見ない限り、詳しい事情はわからないのも事実だ。

さて、どうしたものか……。

小早川は、腕組みをしたまま考えていた。


五月十七日の水曜日は、朝から雨が降っていた。午後二時四十五分が七・八時限の始業時間だが、小早川はゼミを午後三時から始めることにしていた。三時ぴったりのほうが気分もいい。

二時五十分に、麻由美がやってきた。

楕円形のテーブルの、出入り口の側から見て十時の位置に座る。彼女の定位置だ。

次にやってきたのは蘭子だった。彼女は六時の位置に着席した。これも定席だ。

その次は蓮、さらに梓が来た。蓮は八時の位置、梓は二時の位置だ。これも、前回とまったく同じだ。最後は、楓だ。時間ぎりぎりだが慌てた様子はない。彼女も四時の位置の定席に座った。

本格的なゼミの活動は二度目だが、それまでに何度か彼女らが研究室にやってきたことがあった。

そのときから、座る位置は決まっていた。そして、やってくる順番もパターン化されていた。

座る位置というのは、パターン化されやすいことを、小早川は経験から知っていた。人は、二度目の訪問の際に、前回座ったのと同じ席に着く傾向がある。そして、何度か同じ場所を訪れるようなときは、それが定席化するものだ。

だが、部屋にやってくる順番もパターン化されるというのが、ちょっと不思議だった。時間に関する感覚が、人それぞれに違うということだろうか。

つまり、三時に集合というときに、十分前に来なければ不安になるタイプと、ぎりぎりでも平気なタイプだ。その時間の感覚がそれぞれに微妙に違っており、それがパターン化されているのかもしれない。

こうしてゼミ生を観察するのは、なかなか楽しかった。

ゼミを始めようとしていると、ノックの音が聞こえた。

「どうぞ」

小早川が言うとドアが開き、安斎が顔を覗かせた。

「ええと……。今日は、ゼミの日でしたよね……」

小早川は驚いて尋ねた。

「どうした。何かあったのか」

「いえ、お手伝いできることがあるんじゃないかと思いまして……」

「仕事はいいのか」

「ええ。何かあったら、電話で呼び出されますよ」

所轄の刑事は、常にいくつかの事案を抱えているものだ。そして、二人一組で仕事をしているはずだ。

安斎が勝手に仕事をサボれるはずはないのだ。いったい、どういうことになっているのだろう。小早川が現職の刑事だった頃に比べて、警察が暇になったとも思えない。

「本当にだいじょうぶなんだな？」

「ええ。だいじょうぶですよ」

「ならば入って、前回と同じくオブザーバーの席に座ってくれ」

「はい」

実は、彼が来てくれて好都合だった。

鑑識の報告など、詳しいことを質問できる。もちろん、彼が直接事案を担当したわけではない。だが、捜査について誰かに尋ねたり、記録を調べたりはできるはずだ。

やはり現職の刑事がいてくれると便利なのだ。

「さて、では前回の続きを始めよう」

麻由美が言った。

「なんだか、蘭子のサークルの話で、継続捜査の件がすっ飛んじゃったわよね」

梓が言う。

「そういえば、その後、靴泥棒はどうなったの？」

蘭子がこたえた。

「サークル内部のトラブルだった」

麻由美が鸚鵡返しに尋ねる。

「サークル内部のトラブル？」

「二年生のレギュラー選手とそうでない選手のちょっとした対立」

「じゃあ、警察沙汰《ざた》にはしないということ？」

「最初からそのつもりはない」

「へえ、そうなの。蘭子なら、法律で裁こうとするんじゃないかと思ったわ」

「法律は万能じゃない。サークルの選手たちの感情的な対立まで法律で裁けるわけじゃないわ。そういう場合は、話し合いが必要なのよ」

「なんだか、そう聞くと安心するね」

小早川も、靴の盗難のことが気になり、蓮に尋ねた。

「バレーボールサークルの話はうかがいました。バスケットボールのほうはどうなりました？」

蓮は、一瞬おどおどとしたが、やがて話しだした。

「あの……。先生と安達さんがお話しになったとおりでした。つまり、被害にあった二人は、まったく同じバッシュを持っていました。そして、一人は右の靴を、もう一人は左の靴を盗られていたんです」

「その靴は、人気の高い靴だったのですね？」

「そのとおりです。プレミアムがついていました」

「つまり、バレーボールサークルの盗難事件を模倣して、販売目的で靴を盗んだ、ということですね」

「そうらしいです。コーチが学長と話し合って、警察に届けるかどうか決めるそうです」

「あ……、えーと……」

安斎が手を挙げた。「いいですか?」

小早川は言った。

「警察官としては、犯罪を認知したからには看過《かんか》できないということだな?」

「まあ、そういうことですね。販売目的の窃盗事件となると黙ってはいられませんね」

「君は刑事総務係だろう。盗犯は担当じゃないはずだ」

「そういう問題じゃないでしょう。なんだろうが、犯罪には違いはありません」

「ほう。なかなかいいことを言うじゃないか」

若い女性の前で、いいところを見せたいのかもしれない。いや、そう勘ぐるのはかわいそうか。彼は、仕事熱心なのだろう。

小早川は続けて言った。

「私も現職の警察官だった頃には同じことを考えたかもしれない。だが、今は大学の職員だ。大学の独立性・自治性ということも考慮しなければならない。ここは学長の判断に任せてもらえないだろうか」

安斎は、しばらく考えてから言った。

「まあ、小早川さんがそうおっしゃるのなら……」

「窃盗事件として、法の手に委《ゆだ》ねる必要があると判断したら、学長は必ず警察に届けるはずだ」

「わかりました」

小早川は、ゼミ生たちに言った。

「さて、そういうわけで、靴の盗難の件が片づいたので、未解決の強盗殺人事件に集中して考えてみましょう。資料を安斎君から渡された当初は、比較的単純な事件だと思いました。しかし、もしそうなら犯人はもう捕まっているはずです。なぜ、いまだに未解決なのか。そのあたりから考えてみたいと思います」

五人のゼミ生は、手もとの資料を睨《にら》んでいる。

小早川は、一番無口な楓を指名した。

「どう思いますか？」

楓は、落ち着いた口調で言った。

「空き巣狙いが居直り強盗になった。そう言ってしまうと、重要なことがかえってわからなくなるような気がします」

「重要なことと言うのは？」

「いくつかの謎があり、それが十五年経った今も解けていないように思えます」

「ほう、謎ですか。どんな謎でしょう」

「例えば、どうして目撃者がいないのか、という謎です。たしかに、住宅街は人通りが少ないですが、誰も何も見ていないというのは不自然な気がします」

小早川はうなずいた。

「私もそれが気になっています」

楓はさらに言った。

「犯人の行動を想像してみたのですが、やはり不自然な気がするのです」

「ほう……。どういう点が不自然なのでしょう」

「犯人は、二人を包丁で刺して殺害し、何も盗らずに逃走しています」

「当時の捜査本部では、気が動転したからだと考えたようですね。私は、そのことからプロではなく、素人の仕業だと考えたのですが……」

「気が動転して逃げるのなら、一人目を刺したときに逃げているような気がします」

小早川は、うなずいた。

「なるほど……」

「二人目を刺し殺してから逃げるというのが、どうもしっくりこないのです」

武道をやっているせいだろうか。非常時の人の心理についてよく考察している。小早川は感心していた。

7

小早川はみんなに言った。

「私は謝らなければなりません」

五人は顔を上げて小早川を見た。

「前回、西野さんが言ったことに関連して、私がかつて勤めていた部署で確認すると言ったのを、まだやっていませんでした。これは、私の怠慢《たいまん》でした」

楓が言った。

「それは、犯人が日が暮れて暗くなるまで、現場の家に隠れていたかもしれない、ということですね？」

「はい。犯人が、第一発見者の林田由起夫君に見つからないように潜んでいて、警察などが駆けつける前にそっと逃走した可能性があるという話でした。そうだとしたら、犯人が出て行った後、玄関の鍵は開いたままだったはずだ、と……」

楓はうなずいた。

「林田由起夫君は、被害者たちのお孫さんなので、当然、玄関から入って来たのでしょう。犯人は、咄嗟にどこかに隠れた……。そして、林田由起夫君が台所に倒れている結城元さんを発見して一一〇番通報する隙に、玄関から逃走した……。そういう可能性もあると考えたのです」

「通報によって最初に駆けつけるのは、所轄の地域課です。その時点で、玄関の鍵が開いていたかどうか……。確認しておくのは私の役目でした。申し訳ありません」

実は、すっかり失念していたのだ。ゼミのことを忘れていたわけではない。

自分が楓に言ったことを忘れていたのだ。担当教授として、無責任きわまりない。バレーボールサークルの件があったりで、たしかにごたごたしていたが、それは言い訳にならない。

こういうことで学生たちの信頼をなくしていくのだと、反省していた。

楓が言った。

「そうでした。でも、実は私も今の今まで先生が確認するとおっしゃったことを忘れていました」

「それにさ……」

麻由美が言った。「玄関の鍵なんて、そんなに重要じゃないんじゃない？」

楓が麻由美に尋ねた。

「重要じゃない？　どういうこと？」

「犯人は、侵入した勝手口から逃走したんじゃない？　だとしたら、玄関の鍵は関係ない。林田由起夫は玄関から入ったんでしょう？　だったら、当然犯人は勝手口から逃げるんじゃないかな。犯人の足跡が残っていたというけど、それは侵入するときのもの？　出るときのもの？」

小早川は、その質問について、安斎に尋ねてみた。

「どうなんだ？」

「あ、ええと……。侵入するときのものだったと思います」

「え……」

麻由美が戸惑ったような顔で安斎を見た。「逃げるときの足跡じゃなかったの？」

「ええ。かすかに侵入するときの足跡が残っていました。出るときの足跡は残っていなかったと思います」

「侵入するときは慎重なので、足跡など残さず、人を殺してしまって動転していたので、逃げ出すときに足跡を残してしまった……。そう考えたんだけど、違うのかしら……」

小早川は言った。

「足跡が残っていなかったからといって、勝手口から逃走したことを否定はできません」

「それはそうだけど、可能性は低くなりますよね」

楓が言った。

「じゃあ、やっぱり玄関から逃走した可能性も否定できませんよね？」

小早川はうなずいた。

「今のところ、どちらも否定できないと思います。ここで、そのあたりのことを、整理しておきましょう」

小早川は、昨日作成したメモを見ながら話を進めた。「まず、事件発生が三時から四時の間。そして、被害者たちの孫である林田由起夫君による通報が午後五時頃。犯人は、何も盗らずに立ち去っていることから、犯行直後に現場を逃走したものと思われていましたが、西野さんが、そうではない可能性を示唆しました。つまり、犯人は、犯行後もしばらくは被害者宅に潜伏していたのではないか、という可能性です」

五人のゼミ生と安斎はメモを取りつつ、小早川の話に聞き入っている。

小早川は続けた。

「犯人が被害者宅にしばらく潜伏していたのではないかという推理の根拠は、目撃証言がないことでした。人通りが少ない住宅街とはいえ、午後三時から四時という時間帯に犯人が逃走したのなら、目撃者がいないことは不自然に思われます。返り血を浴びているはずだから、そのまま逃走することは難しいですし……。そこで、犯人は暗くなってから現場を離れたのではと考えたわけですね」

「そうです」

楓はこたえた。「私が犯人ならそうするだろうと考えました」

小早川はうなずいた。

「犯人の立場になってみる。それはとても重要な考え方です。さて、林田由起夫君の通報が午後五時頃ということは、彼はそれ以前に、結城さん宅を訪ね、遺体を発見したことになります。そして、犯行があった十一月五日の日の入りの時刻は午後四時四十六分。つまり、林田由起夫君が結城さん宅を訪ねたのは、ちょうど日の入りの頃か、その直後ということになるでしょう。その時刻は、外は暗いかというとかなり微妙です。つまり、林田由起夫君が訪ねてきたときは、まだ薄暮の状態で、それほど暗くはないということです。犯人がその前に被害者宅を出たとしたら、西野さんの、暗くなるまで待って逃走、という条件に合わなくなります。そこで、犯人は林田由起夫君が訪ねてきたときに、まだ被害者宅に潜んでいたと考えたわけですね？」

楓はうなずいて言った。

「警察が来るまでなら、いつでも逃げ出せると考えたのです」

梓が手を挙げた。発言したいのだろう。小早川は言った。

「講義と違ってゼミなのですから、自由に発言してください」

梓が言った。

「西野さんが言うように、犯人が被害者宅に潜んでいるところを想像してみたんです」

「それで……？」

「どうしても納得がいかない点が二つあるんですけど……」

「話してください」

「犯人がもし、周囲が暗くなるまで待っていたとしたら、相当に冷静だったということになりますね？」

「そうかもしれません」

「だったら、何も盗らずに逃げたということと、矛盾《むじゅん》するような気がします。潜伏している間に、いくらでも室内を物色できるはずです」

「たしかにそうですね」

「そしてもう一つ。犯人が玄関から逃走したというのは考えにくいような気がします」

「どうしてですか？」

「西野さんが犯人の立場になったように、私は遺体の発見者の気持ちになってみました。林田由起夫君が玄関から訪ねていったら、まず階段の下のおばあさんを発見したはずです」

梓は、現場の見取り図を指さした。「階段は、玄関ホールの脇にあります。林田由起夫君のおばあさん、つまり結城多美さんが倒れていたのは階段の下。つまり玄関からすぐに見える位置だったはずです」

「なるほど、たしかにそうですね」

「おばあさんが血まみれで倒れているところを見たお孫さんは、どうするでしょう？」

「多くの場合、パニックに陥《おちい》りますね」

「そして、その場を動けなくなるのではないかと思います。私ならそうなります。ですから、一一〇番通報したのは、玄関からではないかと思うのです」

「では、その時点では、まだ結城元さんの遺体に気づいていない可能性があるということですね？」

「おそらくその場にはいられないでしょう。林田由起夫君は、玄関から一一〇番し、警察が来るまで、玄関の外で待っていたということも考えられると思います。そうなれば、犯人が玄関から逃げることも不可能でしょう」

小早川は感心していた。楓や梓が素人だとはとても思えなかった。捜査経験がない人たちでも、これほど事細かに、犯行現場の様子を思い描くことができるのだ。

小早川は、安斎に尋ねた。

「今の話、どう思う？」

「そうですね。第一発見者がどこから一一〇番したかは確認されていません。でも、中学生が血まみれのおばあさんを発見したら、たしかに冷静に家の中を観察することはできなかったでしょうね。それに危険を感じるでしょうから、家の中には足を踏み入れなかったかもしれません」

楓が言った。

「じゃあ、やっぱり勝手口から逃げたのでしょうか」

小早川は楓に尋ねた。

「被害者宅に潜んで、暗くなるのを待つくらい冷静だったら、何も盗らずに逃げるのはおかしいという加藤さんの指摘についてはどう思いますか？」

「たしかにそのとおりだと思います。でも、条件によっては、私の推理も成立すると思います」

「その条件というのは？」

「犯人の目的です。お金や品物を盗むのが目的でなかったとしたら、何も盗らずに現場を離れたことも説明がつくと思います」

「でも、当時の捜査本部では、空き巣に入った者の犯行という見方をしていました」

「プロの刑事さんたちがそう考えたのでしたら、そのとおりなのかもしれませんが……」

そのとき、麻由美が言った。

「でも、犯人は捕まっていないんですよね？　何かが間違っているから捕まらなかったのかもしれないでしょう」

小早川は言った。

「そうですね。私もその点が気になっているのです。もし、捜査本部が考えていたように居直り強盗なら、比較的単純な事件です。すでに犯人が捕まっていて当然だと思います」

麻由美が言う。

「最近、警察の検挙率が下がっているってニュースなどで聞きますけど……」

「まあ、そういう声もありますが、実はそれは犯罪の認知率が高まったせいでもあるんです。特に、起訴には至らないような軽犯罪の認知率が上がりました。そうした軽犯罪についてはいちいち検挙しない場合もあるので、そうなると当然検挙率は下がります。ですが、殺人や強盗といった重要犯罪の検挙率は依然として高いのです」

「あら、そうなんですか」

麻由美は素直に驚いた顔をみせた。

「そう。しかも、殺人事件のほとんどが早期解決なんです」

「へえ……」

「しかし、あなたが言うように、警察にも間違いはあります。西野さんが言った、犯人の目的、つまり動機については、再考の余地があると思いますね」

蘭子が発言した。

「物盗りの犯行か、そうでないか……。先生はどちらだと思われますか？」

小早川はほほえんだ。

「皆さんの演習なのです。私が見解を述べるのはよくないと思います」

「靴の盗難の件では、いろいろと教えてくださいましたよね」

「実際に解決する必要に迫られていましたからね」

「この事件も、解決しなければならないのでしょう？　みんな実際の捜査に関わっているつもりで発言していると思います」

「そうですね。そうでなければ、演習の意味がありません」

小早川は、また反省をしなければならなかった。

実際の捜査を体験させると言いながら、どこか「ごっこ」の感覚だった。学生にはそれで充分だという思いが、どこかにあったのだ。

だが、それでは学生たちも本気になれないだろう。

小早川は、蘭子に言った。

「わかりました。私なりにいろいろと考えてみましょう。ただし、調べなければならないことがたくさんあります。みなさんも知りたいことがいろいろとおありだと思います。まずは、先週の約束どおり、かつての職場で話を聞いてこようと思います」

蘭子がうなずいた。

「わかりました」

今日発言をしていない蓮に尋ねた。

「戸田さんは、犯人の行動や第一発見者の行動について、どう思いますか？」

蓮は、しばらくもじもじとしていたが、やがて言った。

「私は、犯人の動機が気になります。居直り強盗というのは、考え直す必要があるかもしれません。そして、犯人は勝手口から逃げたような気がします」

「わかりました」

小早川は言った。

ゼミが終了すると、その日も飲みに行くことになった。安斎が先週と同じ店を予約する。蓮が安斎に言った。

「そういう手配も、今後は私たちゼミ生がやります」

「ああ、わかりました」

二週連続の飲み会だ。この話が伝われば、また竹芝教授がうらやましがるだろうなと、小早川は思った。

8

ゼミの翌日、小早川は警視庁・特命捜査対策室にいる後輩に連絡を取ろうと思った。

昨夜の酒がわずかに残っていて、頭が重かった。おかげで起床したのは、午前十時過ぎだった。

長年刑事をやっていたおかげで、親しい後輩がまだ数多く警視庁で働いている。特命捜査対策室にも知り合いは少なくない。

誰に電話をかけようかと、あまり働かない頭で考えていた。

若すぎると情報を持っていないし、上司や先輩から命じられた仕事が忙しく、なかなか自由に動けないだろう。

やはりベテランがいい。しかも、ある程度融通を利かせられる立場がいい。つまり、それなりの役職についている者だ。

うってつけの人材がいた。

名前は、保科《ほしな》孝《たかし》。四十五歳の警部補で、特命捜査対策室第一係の係長をやっている。小早川は、携帯端末の電話帳で保科の名前を見つけ、電話をかけた。携帯電話の番号だった。

「はい、保科」

「小早川だ」

「あー、ご無沙汰しておりますう。お元気ですかあ」

間延びした声が聞こえた。相変わらずだなと、小早川は思った。保科はのんびりとしたタイプだった。何が起きても慌てないのはいいが、ぴりっとしたところがなかった。だが、それも今では持ち味になっている。

「なんとかやってる。ちょっと頼みがあるんだ」

「何でしょう……」

「実は今、大学で教えていてね……」

「ほう……。警察大学ですかあ?」

「いや、そうじゃない。一般の大学だ」

「へえ……。警察ＯＢの再就職先は、警備会社や総会屋対策と相場が決まっていると思ってました」

「知り合いが学長をやっていてね。刑事政策なんかを教えている」

「刑事政策う……」

「今年からゼミを持つことになってね。それでちょっと教えてもらいたいことがあるんだ」

「ゼミを持つってことは、教授ですかあ？」

「まあな」

「ひゃあ、すごいですね。小早川さんが大学教授かあ……」

「学生の演習として、実際の未解決事件を取り上げているんだ」

「すごいですねえ」

「十五年前に目黒署管内で起きた殺人事件だ。空き巣に入った犯人が、老夫婦を殺害して逃走したという……」

「ああ……。ありましたね、そういう事件。ええと、今は三係の誰かが担当しているはずですが……」

「その事件について、いろいろと訊きたいことがあるんで、そちらを訪ねたいんだが……」

「わーかりましたあ。いつがよろしいですかあ？」

「早いほうがいい。もし、今日都合がよければうかがいたいんだが」

「私はいつでもいいですよ」

「午後一時でどうだ？」

「けっこうです」

「じゃあ、よろしく」

小早川は電話を切ると、朝食兼昼食の準備に取りかかった。

警視庁本部庁舎は、なつかしいというより、まだ生々しい印象がある。足を踏み入れたとたんに現役の気分に戻ってしまった。

受付で面会の約束があることを告げる。その瞬間だけ、自分が部外者であることを意識した。受付の女性は契約だし、若い警察官は小早川の顔など知らない。ちょっとだけ疎外感があった。だが、受付を通り過ぎてエレベーターに乗ると、慣れ親しんだ感覚が戻ってきた。六階に着くなり、つい仕事をしてしまいそうな気分になった。

小早川の顔を覚えている者も少なくない。挨拶をしながら、机の島の間を進み、特命捜査第一係の係長席にやってきた。

保科は、小早川を見ると立ち上がった。

相変わらず、茫洋《ぼうよう》とした印象がある。見た目もぱっとしない。だが、彼は見かけによらず、なかなかのやり手だ。

警視庁本部で係長をやっているのだから、無能なはずがない。

「忙しいんじゃないのか」

小早川が尋ねると、保科は言った。

「だいじょうぶです。内勤が多いですから」

どの部署でも第一係は、庶務を担当することが多い。それはそれで忙しいはずだ。あまり時間を取らせては悪いと、小早川は思った。

「さっそくだが、例の件について詳しく知っている者を紹介してほしいんだが……」

「担当者を待たせてあります」

段取りの早さに、ちょっと驚いた。本部でもまれ、保科の有能さに拍車《はくしゃ》がかかったようだ。

保科は、離れた机の島にいる係員に声をかけた。彼は立ち上がり、近づいてきた。

保科が小早川に紹介した。

「特命捜査第三係の丸山達夫《まるやまたつお》警部補です」

「小早川だ」

丸山は、深々と礼をした。年齢は三十代後半か四十代前半だろう。まだ若々しい印象がある。

ワイシャツにネクタイという恰好だ。

「お話はうかがっております。目黒署管内の老夫婦強盗殺人事件ですね？」

「そうだ。どこか話ができる場所があるといいんだが……」

それを聞いた保科が言った。

「ご心配なく。小会議室を押さえてあります」

「それはありがたい。どの会議室だ？」

庁内、特に六階のことなら知り尽くしている。

「ご案内しますよ。私も同席したいですからね」

「君も……？」

「大学のお話とか、いろいろと聞きたいじゃないですかあ」

三人は小会議室に移動した。

小早川が奥の席に座り、向かい側に保科と丸山が並んで座った。

時間を無駄にしたくないので、小早川はさっそく丸山に尋ねた。

「質問したい点は、三点だ。まずは、警察官が現場に駆けつけたとき、玄関の鍵はどうなっていたか。二点目は、勝手口の足跡について。三点目は、通報者についてだ。まず、最初に玄関の鍵だ。どうなっていた？」

「ええと……」

丸山は、持参していた資料をめくった。「玄関の鍵ですか……。それについての記録はありませんね。当時の捜査本部は、特に重要なことだとは考えなかったようですね」

「そうか……。二点目の、犯人のものらしい足跡についてだが、それは侵入するときのものか？それとも逃走するときのものか？」

丸山は再び資料をめくる。目黒署の安斎は、侵入するときのものだと言っていた。それを確認したかった。

やがて、丸山が言った。

「あ、記録がありました。足跡の足先が、いずれも建物のほうを向いていましたので、侵入するときの足跡だということになっています」

「いずれも……？　複数あったのか？」

「二つ発見されたと記録されています」

安斎が言ったとおり、侵入するときについた足跡のようだ。

「通報者について訊きたい。警察官が駆けつけたとき、通報者はどこにいた？」

「え……。どこに……？」

「そうだ。被害者宅の中にいたのか、それとも外にいたのか。中なら玄関か、それとももっと奥にいたのか、それを知りたい」

丸山は、また資料のページをめくった。

まだ、事案のことが頭に入っていないようだ。もし初動捜査から関わっていた捜査員なら、細かなところまで記憶しているはずだ。刑事というのはそういうものだ。

忘れたくても忘れられないのだ。

「現着したときに、通報者がどこにいたかですか……。いえ、そういう記録はありませんね」

「最初に現着したのは、所轄の地域課係員だな？」

「そうです」

「鍵のことも、通報者がどこにいたかも、その人物に訊けばわかるかもしれないな」

「そうですね」

「名前は記録にないか？」

「今手もとにある資料にはありませんね。でも、捜査資料をひっくり返せばわかるかもしれません」

「報告書に署名があるかもしれないからな」

「調べてみます」

「いや、そこまでしてもらうのは申し訳ない」

「やらせてください」

丸山は小早川をまっすぐに見つめている。その熱心な様子に、小早川は、おや、と思った。

「調べてもらえれば、こちらは助かるが……」

「実は、私は特命捜査に来てから日が浅く、継続捜査として担当するのは、この事案が初めてなのです」

「ほう……」

「実は、どうやって調べたらいいのか、戸惑っていたのです」

「ここに来る前は……？」

「機動捜査隊にいました」

機動捜査隊、いわゆる機捜は、若手の登竜門と言われている。おそらく、所轄の刑事課から機捜に吸い上げられ、最近特命捜査対策室にやってきたということだろう。

警部補だというから、事案を任される立場なのだ。担当して間もないので、まだ事案の細部を記憶していないのだろう。

丸山が小早川に尋ねた。

「この事案に興味を持たれたのは、なぜなのですか？」

「ゼミの材料に、と思って適当にネットで調べただけだ。特に興味を引かれたわけじゃない。しかし、調べてみると、ひっかかる点が多いのは確かだ」

「どのような点にひっかかりを感じられますか？」

「どうして、いまだに犯人が捕まっていないのか。まず、その疑問が浮かんだ。ネットでわかる範囲では、単純な事件に見える。それなのに、犯人が捕まっていないのは、なぜだろうと思った」

丸山はうなずいた。

「私も、その点が気になりました。しかし、理由は見当もつきません。たまたま、何かの巡り合わせで犯人が捜査の手を逃れてしまったのだとしか考えられないのです」

「私の経験で言うと、理由もなく、犯罪者が警察の捜査を逃れられるはずがない。必ず何か理由があるはずだ」

「どのような理由でしょう？」

「それはわからない。だが、うちの学生たちは、なかなか優秀でね。いろいろな指摘をしてくれる。さきほどの質問事項も、学生たちの指摘によるものだ」

「具体的には、どういう指摘なのですか？」

「まず、目撃者だ。犯行時刻は午後三時から四時の間と見られているのだな？」

「そうです」

「いくら住宅街で人通りが少ないとはいえ、目撃者がまったくいないというのは不自然じゃないかと、学生たちは言う。私もそう思う」

「たしかに、そうかもしれません。しかし、目撃情報がなかったのは事実ですから、どうしようもありません」

「不自然なことがあれば、そこには必ず理由がある。目撃者が一人もいないということは、犯人がそのように振る舞ったということだろう。では、どういう行動を取ったか。それを考えていかなければならない」

「はい」

丸山は、食いつくように小早川を見つめた。

「いかんな……」

小早川は言った。

「は……？」

「つい、説教じみたことを言ってしまった。私はもう警察官ではない。警察学校で教えていたことがあるので、つい……」

「いえ、ぜひいろいろと教えてください。実は、自分が先頭に立って事案を担当するのはまだ早いのではないかと思っています。継続捜査については、まだ誰にも教わったことがないのです」

「公訴時効があった時代にはなかった捜査だ。まだノウハウは蓄積されていないはずだ。君らのような若い捜査員が、試行錯誤で捜査方法を見つけていくのだと思う」

「そのように努力しますが、まだまだ学ぶべきことがたくさんあるように思います」

「警察というところはいつも多忙だ。本来なら後輩の指導にも力を入れなければならないのだが、なかなかそうもいかない。この年寄でよければ、いくらでも協力するよ」

「お願いします」

小早川はうなずいてから話を進めた。

「目撃者がいないことから、犯人は暗くなるまで現場に潜んでいたのではないか、と指摘した学生もいた」

「それは考えられますね」

「そうなると、何も盗らずに逃走したという事実と矛盾する。そう指摘した学生もいた」

「なるほど……」

丸山はしばらく考えてから言った。「どうでしょう？　今後も、小早川さんのゼミを捜査の参考にさせていただけないでしょうか？」

この申し出に、小早川は驚いた。

「たしかに優秀な学生たちで、私も少々驚いているが……」

小早川は丸山に言った。「実際の捜査にたずさわるというのは問題だと思う」

「捜査に参加していただくわけではありません。あくまでも、自分の参考にさせていただきたいのです」

小早川は戸惑って、保科を見た。

保科が言った。

「いいんじゃないですかあ。三人寄れば文殊の知恵とかいいますし、いろいろな人の意見を参考にすべきですよお」

小早川は考え込んだ。

「しかし、そうなると、捜査情報を学生たちに洩らすことにもなりかねない。そんなことをしたら、君はクビだぞ」

とたんに丸山は勢いがなくなった。

「そうか……。そうですよね。いい考えだと思ったんだけどなあ……」

「警察官は守秘義務を負っている。だからこそ、人は供述するんだ。自分がしゃべったことが、学生たちに伝えられるなどと知ったら、誰も供述などしてくれなくなる」

「そうでしょうかあ」

保科が首を傾げる。「任意の供述なら、第三者が聞いていても、問題はないと思いますが……」

「いや。問題はあるだろう。あくまでも捜査情報は秘匿されなければならない」

「記者にわざと洩らす刑事もいますよお」

「そういうのは、たいていの場合、何か意図することがあってのことだ」

「じゃあ、小早川さんがちゃんと情報をコントロールすればいいんじゃないですかあ？」

「私が情報をコントロール……？」

「そうですう。丸山から捜査情報を聞いても、それを学生たちに直接伝えるのではなく、さりげなく臭わすとかあ……」

「ふうん。さりげなく臭わすか……」

小早川は腕を組んで考え込んだ。保科がさらに言う。

「そうですよお。そういうことなら、記者にやっている人、けっこういるじゃないですかあ」

「しかし、私もすでに外部の人間だぞ。私だって捜査情報を知るわけにはいかないんだ」

「そこは、丸山がうまくやるってことでえ……」

丸山が再び勢いづいた。

「そうしましょう。自分は生の捜査情報は伝えないようにします」

「しかしなあ……」

小早川はまだ思案していた。「学生たちと直接関わると、ついいろいろなことをしゃべってしまうことになるんじゃないかなあ……」

「それは、なんとか気をつけますから……」

「情報のコントロールか……。なかなか難しいが、やってみるか」

丸山が顔を輝かせた。

「お願いできますか」

保科がうなずきながら丸山に言う。

「小早川さんが付いてくれれば、百人力だぞ」

「私が捜査に参加するわけじゃない」

小早川は時計を見た。「あ、もうこんな時間か……。そろそろ失礼する」

丸山が言った。

「では、最初に現着した所轄の地域課係員を調べておきます」

「頼む」

そう言いながら、小早川は思った。それを知り、学生に伝えることは、捜査情報を洩らすことになるのではないか……。

まあ、その程度のことに目くじらを立てることはないという見方もあるだろう。だが、そういう意見があれば、必ずそれに対抗して、厳格に秘密を守るべきだという意見もある。

とにかく、丸山に迷惑をかけるようなことがあってはならない。小早川はそれを肝《きも》に銘じておくことにした。

9

木曜日は、七・八時限に『刑事政策概論』の講義がある。始業時間の十分前である、午後二時三十五分に大学に着いた。

大急ぎで研究室に向かう。

「あ、小早川さん」

呼び止められて、思わず教授館の前で立ち止まった。

竹芝教授だった。

「どうも……」

「昨日もゼミ生と飲みに行かれたそうですね？」

「はあ……」

「いや、うらやましい限りです」

「申し訳ありません。これから授業なので……」

「おや、これはお引き留めして……」

「では、失礼します」

「あ、ちょっと……」

「何でしょう？」

「あのですね……」

竹芝は言いづらそうにしている。小早川は黙って彼を見つめていた。やがて竹芝が言った。

「すいません。ちょっと相談に乗っていただきたいことがありまして……」

「わかりました。授業の後、お話をうかがいましょう」

「お願いします」

小早川は、礼をして研究室に向かった。


始業時間に少々遅れたが、それを気にする学生はいない。教授が遅れれば遅れるほど、無駄話をする時間が増えて喜ぶ学生のほうが多いだろう。

熱心に講義を聴く学生がいないわけではない。だが、おおむね退屈そうにしている。携帯端末をいじっている者も多い。

中学や高校なら、持ち込みを禁止するところだが、大学ともなるとそうもいかないだろう。

教授や講師の中には、講義中は携帯端末の電源を切るように言っている人たちもいるようだが、あまり効果はなさそうだ。

どうせ効果がないのなら、何も言わないほうがいい。余計なことを言うと角が立つ。

ともあれ、講義は無事に終わった。無事ということは、無難に過ぎたということだ。学問の世界もスリリングであるべきだと、小早川は思う。

教授と学生が意見を戦わせるくらいの活気のある講義はできないものか。しんと静まりかえった教室内を見ていると、それは夢のまた夢なのだという気がした。

講義が終わり研究室に戻ってしばらくすると、本当に竹芝教授が訪ねてきた。

「今、よろしいですか？」

断る理由もない。

「どうぞ」

「失礼します」

竹芝教授は、部屋に入ってくると、小早川の机の前にある楕円形のテーブルの脇でたたずんでいた。

「どうぞ、おかけください」

「はい」

彼は、テーブルの四時の席に座った。いつも西野楓が座っている席だ。

「何かお話があるということでしたが……」

「ええ、そうなんです」

「どんなお話ですか？」

「実は、これなんですが……」

竹芝教授は、携帯端末、いわゆるスマホを取り出した。立ち上がり、小早川に画面を見せる。

写真だった。照明が暗く、それほど鮮明な写真とはいえない。

だが、場所や人相ははっきりとわかる。間違いなくラブホテルの出入り口だ。男女がそこから出てくるところを撮影されたものに違いない。

問題は写っている人物だ。それは、竹芝だった。地味な背広を着ている。今彼が着ているものと同じに見える。

小早川は手にとってその写真を見つめた。

「これは……」

「SNSのメッセージで送られてきたんです」

小早川はぴんときた。

「脅迫《きょうはく》されているのですか？」

「ただ、その写真が送られてきただけなのですが……」

「それは、いつのことですか？」

「先週の土曜日です」

「土曜日……」

「はい。金曜日にゼミがありまして……」

小早川は、もう一度しげしげとスマホの中の画像を見つめた。

「いっしょに写っている女性は？」

「ゼミの学生です」

小早川は仰天した。

「学生とホテルに……？」

竹芝は、ぶるぶるとかぶりを振った。

「とんでもない。私にはまったく身に覚えがないんです」

「身に覚えがないのに、こうして写真を撮られているとおっしゃるのですか？」

「そうなんです」

小早川は、もう一度画像を見てから携帯端末を竹芝に返した。

「そんなはずはないじゃないですか。現にこうして写真を撮られているんです」

「ですから、訳がわからないのです」

小早川は、ふうんと考え込んだ。

「相手はゼミの学生だと言われましたね」

「はあ……」

竹芝は困り果てている様子だ。

身に覚えがないなどと言っているが、それは言い訳かもしれない。だとしたら、身から出た錆だ。

「ゼミで何かありましたか？」

「いえ、ゼミはいつもどおり終了しました。議論もなく、質問もなく……」

「ゼミは……？」

「その……、先生の真似をして、学生を飲みに誘ってみたのです」

「ほう……。それで……？」

「何人かが付き合ってくれました。なんだ、誘ってみるもんだな、とそのときは思いました」

ははあ。そういうことか……。

「飲み過ぎて、羽目《はめ》を外し、学生をホテルに連れ込んだ、というわけですか？」

竹芝は、再び強くかぶりを振った。

「そんなことはしていません。飲み会は一次会だけで終わりました。みんな九時頃には引きあげたんです」

「ならば、この写真はどういうことですか？」

「ですから、それをご相談したいのです」

「もみ消しの方法を教えろということですか？」

「そうじゃありません。何度も申しておりますが、身に覚えがないのです。なのにこんな写真がある。これはどういうことなのか、調べていただきたいのです」

「調べるって……」

小早川は戸惑った。「私は警察官でも探偵でもありませんよ」

「聞いておりますよ。バレーボールサークルやバスケットボールサークルでの事件を見事に解決なさったということじゃないですか」

「別に事件を解決したわけじゃありません。あれもゼミの一環です」

「では、これもゼミで取り上げてください」

「あなたのプライバシーをゼミの学生たちに公開することになりますよ」

「ですから、これはプライバシーではありません。私ではあり得ないのですから……」

「でも、見たところ、背広も顔もあなたのものですが……」

竹芝は、しゅんとした。

「そうなんですよね。それがわからない……」

その様子を見ると、なんだか彼が哀れに思えてきた。

小早川は、溜め息をついてから言った。

「その画像を、うちのゼミ生たちに見せていいのですね？」

竹芝は顔を上げた。

「調べてくださるのですね」

「演習の一つとして考えることにします」

「ありがとうございます」

「いくつかうかがいたいことがあります」

「はい……」

「飲み会では、本当に学生とは何もなかったのですね？」

「もちろんです。学生たちには手も触れていません。セクハラだ、なんて言われたら、クビですからね」

「そんなに注意をしていたのに、こんなことになったわけですか……」

「いえ、ですから、こんなことにはなっていないわけで……」

「飲み会でこの学生と何かありましたか？」

「それがですね、この学生は飲み会には来ていないのです」

「来ていない……」

「ええ、声はかけたんですが、ゼミが終了すると、さっさと教室を出て行きまして……」

「では、写真はそれ以前に撮られたということでしょうか？」

「先生。しつこいようですが、私は身に覚えがないのです。それに、ここを見てください」

竹芝は、画像をピンチして拡大した。「通行人の一人が持っている夕刊紙です。これ、間違いなく先週の金曜日の紙面なんです」

小早川は、それをのぞき込み、再び考え込んだ。

「では、その画像を私のスマホに送ってください。もちろん、扱いには注意しますので……」

「わかりました」

送られた画像を確認すると、小早川は携帯端末をしまった。

竹芝は立ち上がり言った。

「何とぞ、よろしくお願いします」

「やってみましょう」

竹芝が礼をして部屋を出て行った。


竹芝教授が部屋を出て行くと、小早川は自分の携帯端末に送られた画像を、改めて仔細に見た。

間違いなく竹芝教授の顔だ。若い女性と並んで建物の出入り口から出てくるところだ。その建物はどう見てもラブホテルだ。

「これじゃ、言い訳のしようがないじゃないか……」

小早川はそうつぶやいた。

誰が見ても、若い女性とホテルから出てくるところだ。それの意味するところは明らかだ。

小早川は、竹芝教授が何を考えているのかわからなかった。自分のところに相談に来た意図が理解できない。

こういう場合に、男はどう対処すべきか。それを相談しに来たのならわかる。まあ、その類の相談の相手として小早川が適当かどうかは、はなはだ疑問だ。

小早川は、若い女性とホテルに行ったりはしない。する必要がないのだ。もし、そのような事態になっても、自宅に招けば済むことだ。

浮気でも不倫でもないので、言い訳をする必要もない。

人間は、不思議なもので、いつでもそういうことができるとなると、あまりやらないものだ。経験があまりないので、相談相手としてはふさわしくないというわけだ。

だが、竹芝には小早川がどのような私生活を送っているかなどわからないだろう。ゼミの後に学生たちと飲みに行くことを知り、何か誤解したとしても不思議はない。

そして、男性としての経験が豊富だと勘違いし、身の処し方を相談しに来たというのならわかる。

しかし、そうではないのだ。

彼は、どういうことなのか調べてほしいというのだ。身に覚えがないと、彼は言っていた。

そんなはずはないだろうと、小早川は思った。事実、写真が残っている。

おそらく酔って記憶が曖昧なのではないか。それほど酔っているようには見えないが、見かけではわからないものだ。

ゼミの後の飲み会で、学生とラブホテルに行った。それが表沙汰になったら、間違いなくクビだ。それ以外の結論があり得るだろうか。

しかし、不思議なのは、この学生がゼミの後の飲み会に参加していなかったと、竹芝が言っていることだ。

それも記憶違いなのだろうか。

画像を見つめて、考えていると、携帯端末が振動した。

「はい、小早川」

「警視庁特命捜査対策室の丸山です」

「ああ……。先ほどはどうも……」

「最初に現着した当時の目黒署員が判明しました。古市孝彦《ふるいちたかひこ》巡査部長。現在は大塚《おおつか》署の警務課にいます」

「事務畑か……」

「そうですね。目黒署の地域課から、志村《しむら》署の警務課に異動になり、それからほとんどが、警務課などの内勤ですね」

警務課や総務課といった庶務の仕事は地味だし、人気がないのではないかと思われがちだが、実はそうではない。

刑事などと違って、比較的規則的な生活を送れるので、昇進試験を受けるチャンスも多く、そのための勉強の時間も取れる。つまり、出世コースなのだ。

肉体的にもきつくないので、最近の若者にはなかなか人気が高い。

警察官になったからには、刑事を志してほしいと、小早川は思うのだが、それは彼が刑事畑を歩んできたからであり、警察官一人ひとりに考えがあるのだ。

「よくつきとめられたな」

「簡単なことです」

「大塚署警務課だな？」

「そうです」

「了解した。よく知らせてくれた」

「連絡を取ってみますか？」

小早川はしばらく考えてから言った。

「私が電話してみよう」

「会いに行かれるのですか？」

「それはまだわからない。私には犯罪を捜査する権限などない。ゼミの演習として事件を調べているだけだ。そんな私に、彼が会ってくれるかどうかわからない」

「小早川さんなら、向こうも断らないでしょう」

どういう意味だろう、と小早川は少しだけ首を捻った。

「私が警察のＯＢだからか？」

「刑事の間では、レジェンドですから」

「そんなことはないよ。私は目立たない警察官だった」

「保科係長は、そうはおっしゃってませんでした」

「あいつの言うことを真に受けちゃだめだ。とんだ食わせ者だからな」

「あの……」

口調が改まった。

「何だね？」

「今度一度、ゼミの様子を見学させていただけませんか？」

小早川は、少々戸惑った。

見学自体は別にかまわないと思う。だが、ゼミというと、なぜか必ず目黒署の安斎が顔を出すのだ。

警察官のオブザーバーが二人もいては、学生たちが落ち着きをなくすのではないだろうか。

「実際に継続捜査に携わっている君が、アドバイスをくれればありがたいが……」

「あ、いえ、ご迷惑なら、いいんです」

「迷惑ではない……」

小早川は、またしばし考え込んだ。「まあ、いいだろう。水曜日の午後三時からの予定だ」

「うかがいます」

どうせなら、少し役に立ってもらおうか……。

「少し早く来られるか？」

「ええ、問題ないと思いますが。継続捜査担当なので、突発的な呼び出しもないと思います」

「ならば、事件のことについて、詳しく教えてもらえると助かる」

「自分にわかることでしたら……」

「話せる範囲の事柄でいい」

「わかりました」

「二時半でどうだ？」

「了解です。二時半にうかがいます」

「では、水曜日に……」

小早川は電話を切った。

竹芝教授の件はどうしようと、小早川は考えた。

ゼミでは、十五年前の老夫婦殺人事件について調べることになっている。それに、ゼミは六日後だ。竹芝教授は急いでいるに違いない。

教授と学生の不祥事の調査に、学生を巻き込むわけにもいかないだろう。いくら秘密だと言っても、学生たちが竹芝教授の画像について誰かに洩らしてしまうかもしれない。

小早川一人で調べなければならないかもしれない。

彼は、小さく溜め息をついた。こういう事案は気が重い。どういう結果になっても誰かが傷つくことになりそうだ。

だが、頼まれたからにはやらなければならない。

時計を見ると、すでに午後五時半になろうとしている。帰宅しようかと思っていると、ドアをノックする音が聞こえた。

「どうぞ」

ドアが開いた。

「失礼します」

梓だった。

「どうしました？」

「昨夜、みんなで話したことなんですけど……」

昨夜……。何の話だったろう。

かなり酒が入ったこともあって、昨日どんな話をしたのかあまり覚えてない。昔はこんなことはなかった。やはり年だろうかと思う。

「昨日は、いろいろな話をしましたからね。どの話でしょう？」

「週に一度のゼミだと捜査は進まない、という話です」

言われて、思い出してきた。

たしかに、そんな話をした。

警察は、毎日二十四時間、事件にかかり切りだ。それでようやく事件を解決できるのだ。素人が、週に一度、それも一時間半ほどのゼミで、事件が解決できるはずがない。

そんな議論だった。たしか、言い出したのは蘭子だったように思う。

その意見はもっともだと、小早川は思った。だが、ゼミの時間割は決まっている。それにゼミ生たちは警察官ではない。限られた材料で推理をするしかない。

小早川は実は、事件を解決する必要はないと考えていた。いや、解決できればそれに越したことはない。だが、限界はある。

実際に犯人を検挙することが目的なのではない。捜査員が、どういうアプローチをするのかを体験してもらうことが目的なのだ。

昨夜も、それを説明した気がする。

小早川は、梓に言った。

「限られた時間で、やれることをやるしかないと思います」

「昨日の提案を考えていただけましたか？　それを聞いてくるようにと、みんなに言われたんですけど……」

「昨日の提案……？」

「臨時のゼミを、週にもう一日開いていただけないか、という提案です」

そうだった。

完全に思い出した。学生たちにそう言われて、「考えておく」と返事をしたのだ。

まさか、学生が授業を増やせと言うとは思ってもいなかった。

「しかし、ゼミを増やしたからといって、単位が増えるわけじゃないんですよ」

「単位の問題じゃないんです」

小早川は驚いた。

「単位ももらえないのに、授業に出たいということですか？」

「授業じゃなくて、ゼミですから……」

小早川は腕組みをして考えた。

学生たちが単位をもらえないのと同様に、コマを増やしたところで、給料は増えないだろう。

だが、学生たちが単位の問題ではないと言うのなら、小早川のほうも金の問題ではないと思う。

学生たちのやる気がうれしかった。

「わかりました。では、取りあえず、週にもう一日だけ増やすことにしましょう」

「ありがとうございます」

梓が頭を下げた。

「いや、礼を言いたいのはこちらのほうです」

「では、さっそくみんなに知らせてきます」

「……ということは、みなさんおそろいなのですか？」

「はい。カフェテリアで待っています」

「それならば、さっそく今からゼミを始めませんか？」

梓は驚いた顔になった。

「え、今からですか……」

「私も、今日は予定がありません。ここに集まれば、すぐにゼミを始められます」

梓は、うなずいた。

「わかりました。みんなに訊いてみます」

彼女は、礼をすると部屋を出ていった。

今どきの学生も捨てたものではない。

小早川はそう思っていた。

十分ほどして、ゼミ生全員が部屋にやってきた。彼女らは、定席に座った。

小早川は言った。

「みなさんの熱心さには驚かされました」

梓が言った。

「私たちは、本当に事件を解決したいんです」

「わかりました。さっそくですが、報告があります。警視庁特命捜査対策室に行って話を聴いてきました。その折に、事件の担当者に協力を要請されました」

蘭子が驚いたように言った。

「私たちがですか？」

「そう。その担当者は、次回のゼミを見学に来ると言っていました」

「捜査に協力するとなると、私たちにも守秘義務が生じますね」

「職業ではないので、法であなたたちを縛ることはできないのですが……」

「守秘義務に関する法律は、数百はありますが、たしかに、そのほとんどは職業上の秘密を規定したものですね」

麻由美が驚いた声を上げた。

「そんなにあるの？」

「刑法第百三十四条、国家公務員法第百条、地方公務員法第三十四条、弁護士法第二十三条などなど……。探偵業適正化法なんてのもあるわね」

「へえ……」

蘭子が小早川に言った。

「でもその中で、職業に関係なく秘密を守ることを規定した法律もあります」

「ほう、何でしょう」

「たとえば、電波法です。第五十九条には、『何人も法律に別段の定めがある場合を除くほか、特定の相手方に対して行われる無線通信を傍受してその存在若しくは内容を漏らし、又はこれを窃用してはならない』とあります」

小早川は舌を巻いた。蘭子の法律に関する知識は、弁護士も顔負けだ。彼女は続けて言った。

「つまり、職業によらず法によって守秘義務を課せられることはあるわけですから、私たちもゼミで知った秘密は厳守すべきだと思います」

それを聞き、小早川はうなずいた。

「このゼミで扱うのは、未解決の事案です。演習の途中で人に会って話を訊くこともあるでしょう。たしかに、安達さんがおっしゃるとおり、皆さんにも守秘義務を負っていただく必要があるかもしれませんね」

麻由美が言った。

「私はいいわよ。口は固いから」

梓がうなずく。

「私も秘密を守ることは必要だと思っていました」

蓮がひかえめに言った。

「私にも異存はありません」

最後に楓が言う。

「もとより、秘密を洩らす気は毛頭ありません」

小早川は言った。

「実際の捜査員がどのような捜査をするか体験するのが、このゼミの目的なので、捜査員と同様の守秘義務を負うことも必要かもしれません」

蘭子がそれにこたえた。

「そうすることで、私たちはより核心に迫ることができるのではないかと思います」

「わかりました。協力を要請してきた、特命捜査対策室の担当者にも、そのことを伝えておきましょう。一般人には捜査情報を洩らすことはできませんが、守秘義務を負っている者が相手となると、少々事情が変わってくるかもしれません」

もし、捜査情報を洩らしたことで、監察があれば、いくら学生たちが守秘義務を負っていると主張したところで、許してはもらえないだろう。

ただ、心証はおおいに違うので、処分が軽くなる可能性はある。

小早川は、さっそく丸山から聞いた情報を学生たちに伝えることにした。本来ならば、捜査情報に当たるかもしれないが、彼女たちは警察官同様に秘密を守ってくれるはずだ。

「事件の通報後、最初に現場に駆けつけたのは、当時目黒署地域課勤務だった古市孝彦巡査部長。現在は、大塚署警務課に勤務しています。古市は、古い新しいの古に、市場の市。孝彦の夕カは親孝行の孝です」

ゼミ生たちは、一斉にメモした。

小早川は続けて言った。

「私は、彼に話を聞いてこようと思いますが、何か、彼に質問はありますか？　もし、あれば、私が代わりに訊いてきましょう」

梓が言った。

「これまで出された疑問点を、確認していただきたいと思います。例えば、現場にやってきたときに、玄関の鍵はかかっていたのか、とか、通報者はどこにいたのか、とか……」

小早川はうなずいた。

「もちろん、それらは確認します。その他に何かありませんか？」

梓は考え込んだ。

「そうですね……。今ここでは思いつかないかもしれませんね」

麻由美が言った。

「現場を見てみれば、何か思いつくかもしれない。それから、古市って人に会って話をすれば、その流れで質問を思いつくかもしれないわね」

その言葉を受けて、梓が小早川に質問した。

「私たちが、古市さんに会いに行くことは可能でしょうか」

「先方次第ですね」

「もし、可能ならば、私たちもいっしょに行きたいのですが……」

「わかりました。訊いておきましょう」

ゼミを開いてみてわかったことがある。

蘭子が彼女たち五人のリーダーだと思っていた。物腰からなんとなくそう考えていたのだが、実は違うようだ。

梓がリーダーなのかもしれない。リーダーというよりまとめ役と言ったほうがいいだろうか。

蘭子はたしかにしっかりしているが、リーダーとなるには少々スクエアかもしれない。梓は、蘭子より目立たないが、裏でみんなを支えるタイプのようだ。

古市の件は、次回のゼミで報告すればいいだろう。もう一つ、彼女らに話したいことがある。

小早川は、ちょっと迷った末に言った。

「実は、これは私一人で解決しようと思っていたのですが……」

五人が何事かと、小早川に注目する。

「実は、他の教授から相談されていることがあります。教授と学生のトラブルのようなので、話すべきではないと思ったのですが、もしかしたらみなさんのほうが、解決の糸口を見つけられるかもしれないとも思いまして……」

梓が尋ねた。

「教授と学生のトラブル……？　どんなことでしょう」

小早川はさらに慎重に言った。

「この話は、皆さんの守秘義務を前提としています。もし、秘密を守っていただけない場合は、お話しできません」

蘭子が言った。

「ご心配にはおよびません。約束は必ず守ります。もし、言葉だけで不充分だとおっしゃるのなら、何か罰則を設けていただいてもいいと思います」

「罰則……？」

「はい。本当に守秘義務を課すというのなら、実際の場合と同様に罰則も必要だと思います。もし、秘密を守らなかったら、ゼミの単位をいただけないというのはいかがでしょう」

麻由美が蘭子に言った。

「単位をー？　それって、厳しくない」

蘭子がこたえる。

「罰則は厳しくないと意味がないでしょう。秘密を守るというのは、それくらいに大切なことだと思うけど」

「みんなはどう思うの？　単位を落としてもいいの？」

梓が言った。

「秘密を洩らさなければ、それでいいわけでしょう？　私は蘭子が言うことに賛成よ」

「私もそれでいいと思う」

蓮が言うと、楓も無言でうなずいた。

麻由美が肩をすくめた。

「みんながそう言うのなら、しょうがないわね」

蘭子が小早川に言った。

「では、そういうことにしましょう。約束を破って秘密を洩らした人は、このゼミの単位をいただけないことになります」

「そこまで言っていただけるならば、お話ししてもいいでしょう。では、この画像を見てください」

小早川は、携帯端末を取り出し、竹芝教授と彼のゼミ生の写真を表示した。まず、小早川の席から一番近くにいる梓が受け取り、楓が覗き込んだ。

二人は眉をひそめる。

次に蘭子が小早川の携帯端末を受け取り、しげしげと見つめた後、蓮に渡した。

蓮も無言で画像を見つめた。最後に携帯端末を受け取ったのは、麻由美だった。

「これって、ホテルの前ですよね……」

梓が眉をひそめたまま言う。

「そのようです」

「そして、この写真。竹芝教授ですよね」

「はい」

蘭子が言った。

「教授と学生のトラブルとおっしゃいましたね。つまり、この女性は、三女の学生ということですか？」

「そうです」

三宿女子大は、略して『三女』と呼ばれている。

蓮が言った。

「そういえば、見たことがあるような気がします」

蘭子がさらに尋ねる。

「この写真を元に、竹芝教授の責任を追及しようということですか？」

「いえ、そうではありません。この写真は、竹芝教授から送ってもらいました」

「竹芝教授から……？」

蘭子が怪訝そうな顔をする。

他の四人も似たような表情になった。

「はい。私は、竹芝教授から相談を受けたのです。彼は、まったく身に覚えがないそうなのです」

「身に覚えがない……？」

蘭子が聞き返す。「それはどういうことなのですか？」

「この写真に写っているようなことをした覚えはないということです」

梓が言う。

「この写真は、普通に見れば、女性とホテルから出てくるところですよね」

小早川は説明を始めた。

「先週の金曜のことです。竹芝先生は、ゼミが終わった後、学生たちを誘って飲みにでかけたそうです」

五人は、説明に聴き入っている。小早川は続けて言った。

「どうやら、それが竹芝先生のゼミの初めての飲み会だったようです。九時頃には解散になり、そして、その翌日の土曜日、SNSのメッセージで、この写真が送られてきたそうです」

梓が質問した。

「SNSのメッセージなら、相手が誰かわかるはずですね」

「そういうものなのですか？　私はSNSをやらないので、よくわからないのですが……」

「フリーメールなどを利用すれば、送り主をわからなくすることも比較的簡単にできます。でも、SNSだと、けっこう手間がかかります」

それに対して、蓮が言った。

「あら、架空のアカウントを作ればいいじゃない。アカウントを乗っ取ることもできるわ」

「手間がかかるって言ってるのよ。できないと言ってるわけじゃない」

小早川は二人に言った。

「私には何のことかちんぷんかんぷんなのですが、ある程度知識がある人には、ＳＮＳのメッセージでも送り主を秘匿することは可能だということですね」

梓がうなずいた。

「そうですね。でも、知識と手間が必要です」

「つまり……」

蘭子が尋ねた。「誰から送られてきたのかわからないということですね？」

小早川はこたえた。

「そうだと思います。ですから、竹芝教授は私のところに相談に見えたのでしょう」

さらに蘭子が言う。

「こんな写真が残っているのに、身に覚えがないというのは、どういうことなんでしょう」

小早川は言った。

「問題はそこです。竹芝教授は、この学生さんとホテルに行った覚えなどないと言っています。もしかしたら、ひどく酔ってしまって、記憶が飛んでいるのかもしれないと思ったのですが……」

蘭子が言った。

「その可能性はあると思いますね」

「だとしたら……」

楓が押し殺したような声で言った。「竹芝教授は責任を取らなければなりませんね」

低い声だが、不思議とよく通った。

「そうよね」

蓮が楓に言った。「酔った勢いで、教え子に手を出すなんて、最低。飲み会が終わって解散になった後、彼女を誘ってホテルに行ったのよね」

「記憶がないなんて、嘘じゃないんですか?」

梓が言った。「言い訳かもしれませんよ。そして、先生を利用して、事実をもみ消そうとしているんじゃないでしょうか」

「その可能性はあると私も思いました」

小早川は言った。「しかしですね、この学生はゼミの後の飲み会には参加していなかったんだそうです」

五人のゼミ生は、一瞬言葉を呑んで小早川の顔を見つめた。

「本当に酔っ払って記憶がないのかしら……」

梓が言った。「飲み会に参加したことを覚えてないとか……」

蓮が言った。

「言い逃れじゃないかしら。飲み会に参加していなかったと言えば、ホテルに連れて行った事実もなしにできると思って……」

竹芝教授の立場はどんどん不利になっていくような気がした。学生たちは教職員のセクハラ、アカハラに厳しい。

そのとき、麻由美が言った。

「先生、その画像、私のケータイに送っていただけますか？」

「メールでいいですか？」

「はい」

麻由美は、メールアドレスを書いたメモを渡した。小早川は、そのアドレスに画像を送った。

麻由美は、受け取った画像を見ているようだ。そういえば、彼女だけ議論に参加していなかった。積極的な彼女にしては珍しいことだと、小早川は思っていた。

やがて麻由美は、顔を上げて言った。

「やっぱりね。この画像、偽物ですよ」

「え……」

小早川は、思わず声を上げた。「偽物って、どういうことです？」

「コラです」

「コラ……？」

「コラージュのことです。つまり、合成写真ですね」

「合成写真……」

「そう。間違いありませんね」

「どうしてわかるのでしょう」小早川は言った。「詳しく説明していただけますか」

10

「UFOとかUMAとかの話になると、どうしても合成写真の鑑定を避けて通れないんですよね」

麻由美が言った。小早川は質問した。

「UFOはわかりますが、UMAって何ですか？」

「未確認生物。ユーフォーのように、ユーマと発音されることもありますね。とにかく、真面目にそういうものを研究しようとすると、加工写真や合成写真を見破る必要があるんです。つーか、そういうものとの戦いの日々ですね」

「ほう……」

「昔は、ガラスに光点を映し、その向こう側の風景と重ね合わせることで合成写真を作ったり、窓の外に円盤をぶら下げたりしたものがありました。二重露出を利用する加工写真もあり、そういうのは、心霊写真として発表することが多かったんです」

小早川は理解できず、眉をひそめた。

「何のためにそんなことをするんですか？」

「まずは、注目を集めたいという願望を満たすためですね。それから、タブロイド新聞などは、部数を伸ばすためにそういう写真を掲載したりします」

「新聞に……。合成写真などを掲載したら、新聞の信頼に関わるじゃないですか」

「タブロイド紙ですからね。読者のほうも、話半分で読むんですよ」

「なるほどね……」

「銀塩写真時代には、合成するのに、みんな涙ぐましい努力をしていましたが、デジタルの時代になってから、事情が一変します。誰でもパソコンで簡単に合成写真を作ることができるようになったんです」

梓が言った。

「アイコラとかも、あるもんね」

小早川が聞き返す。

「アイコラ……?」

麻由美がこたえる。

「アイドルコラージュの略です。セクシー写真にアイドルの顔だけをくっつけたものが多いですね」

「そんなものが何になるんでしょう」

「ネットで見たときに、一瞬、えっと思うんですよ。アイコラを趣味にしている人もいるようです。また、見事なアイコラを作る人は『職人』などと呼ばれ、マニアの間では尊敬の対象になっていたりします」

麻由美は、携帯端末を取り出して何度かタッチした。「こういうのです」

差し出された画面を見て、小早川は驚いた。アイドルがオールヌードになっていたからだ。

「これ、顔と体が別人ということですか」

「そうです。これがアイコラ」

麻由美は携帯端末をしまうと言った。「一昔前までは、画像を加工するソフトも高価で、コラージュやレタッチをするのは、なかなかハードルが高かったんですけど、最近ではフリーソフトでもかなり高度なことができるようになりました。それに、ソフトの使い勝手もよくなって、初心者でも簡単に画像加工ができるようになったんです」

「竹芝教授の写真ですが、あれもアイコラのように、顔を付け替えられたということなのでしょうか？」

「そういうことです」

「どうしてそれがわかるんですか？」

「コラージュというのは、まったく別の画像を切り貼りしたものですから、どんなにうまくやっても、どこかに違和感が残ります。継ぎ目をうまく消しても、その痕跡が残りますし……」

「私には不自然には見えませんでしたが……」

「UFOやUMA、心霊現象などの研究家は、日々合成写真や加工写真との戦いだと言ったでしょう。私は、山ほど見てきましたから、合成写真は一目でわかります」

「具体的に説明してくれませんか」

「では、パソコンをお借りできますか？」

「ああ……」

「先生のメールアドレスにこの画像を送信しますので、パソコンで開いてみてください」

画像を受信し、それを画像ソフトで開いた。その状態で、ノートパソコンを麻由美に渡した。

麻由美はテーブルに置いたパソコンの画面をみんなのほうに向けて説明を始めた。

「まず、コラージュで注目するのは、陰影です。別の写真を組み合わせるため、ほとんどの場合、光源の位置が一致しません」

「どういうことですか？」

「つまり、元の画像とそれに貼り付けた画像では、影のでき方が違うのです」

「なるほど……」

「この写真を見てください。衣服の影は、斜め右下にできています。ですが、顔の影はほぼ真下にできているのです。これは、もともとの写真の光源は、左上にあったのに対して、後から合成した写真の光源は真上にあったことを意味しています」

よく見ると、たしかに麻由美が言ったとおりだった。

「でも、よく調べないとわからないくらい、よくできてる」

蘭子が言う。「だいたい、薄暗いところで撮影した写真のようだから、影はよくわからないし……」

「たしかに、うまく作ってある」

麻由美が蘭子に言った。「影で区別がつかない場合でも、明度や彩度に差が出るわ」

小早川は確認した。

「それは、画像の明るさや鮮やかさということですね」

「そうです。それに、ＲＧＢ成分にも差があります」

「ＲＧＢ成分……？」

「パソコンやテレビの画像は、赤、緑、青の光の三原色で成り立っています。その配分が画像によって違うのです」

梓が言った。

「ガンマ値とか、入力値と出力値の曲線とか、いろいろあるのよね」

「そう。それは画像データとディスプレイの関係を示す要素ね。つまりそういうのも、画像固有のものなんです。この画像をよく見てください」

麻由美は、竹芝教授の顔にズームインした。アップになった彼の顔は、なんだか滑稽に見えた。

「先ほども言ったように、影が真下にできています。他の部分とは影の位置も長さも違います。そして、影の濃さも違う。肌の色を調整して、他の部分に合わせるために、色調を変えたり、ガンマ補正をしたりした結果、影の濃さが変わってしまったのです」

「拡大すると、ようやくそういうことがわかってきますね」

小早川は感心しながら、そう言った。

麻由美の説明が続いた。

「そしてここがつぎはぎの境界線です」

彼女は、指で竹芝教授の顎《あご》のあたりを示した。「巧妙にぼかしてあるけど、首と顎の境界が不自然なのはわかりますよね？」

たしかに言われてみるとそのとおりだった。

「この写真は誰かが合成したもので間違いないのですね？」

麻由美は、きっぱりと言った。

「間違いありません。二つの別々の画像を合成したのです」

「しかし、この服装は竹芝教授のように見えますね」

「そうでしょうか」

蘭子が言った。「顔を隠して見れば、そうでもないような気がします」

服装は地味な背広姿だ。たしかに、そういう服装なら、誰でも同じように見える。

竹芝教授は、細身で目立たない体格をしている。これといった特徴がないのだ。蘭子が言うとおり、顔が竹芝だったので、背格好もそう思えたのかもしれない。

「その写真が合成なのだとしたら……」

梓が言った。「問題は、誰がそんなものを竹芝先生に送ったか、ですよね」

「そうですね……」

そう言いながら、小早川は考え込んだ。

てっきり本物の写真だと思い込んでいたから、竹芝が言い逃れを考えているのだと思っていた。

だが、どうやらそうではないようだ。だとしたら、誰かが竹芝教授を窮地に追い込もうとしているのだ。

いたずらにしては悪質だ。

蘭子が小早川に尋ねた。

「何か要求はあったのですか？」

「いいえ。そういう話は聞いておりません」

「もし、何か要求されているとしたら、恐喝罪《きょうかつ》になりますね。刑法二百四十九条です」

「金品を要求しなくても、充分な脅《おど》しにはなるわね」

麻由美が言った。「こんな画像をばらまかれたら、大学は確実にクビでしょう」

それを聞いて、梓が言う。

「じゃあ、竹芝先生を大学から追い出すのが目的？」

蓮が言う。

「先生に怨みを持っている、ということかしら……」

小早川はうなずいた。

「たしかに、こんな写真がばらまかれたら、大学側は何か処分を考えるでしょうね」

麻由美が言った。

「掲示板なんかに投稿すれば一発よね。竹芝先生を知っている者がそれを見つけたら、あっという間に拡散していく」

拡散という言葉は、小早川も知っていた。画像や文章などがコピー&ペーストされ、ネット上にどんどん広がっていくことだ。

小早川は、言った。

「写真に写っている学生が、何か事情を知っているかもしれませんね」

梓が言った。

「その学生が、竹芝先生に画像を送りつけた可能性が高いと思います」

小早川は、ゼミ生一同に言った。

「身に覚えがないのに、学生とホテルの前で撮られた写真が送られてきた……。どういうことなのか、その謎を解いてほしいというのが、竹芝先生の依頼の内容でした。写真が合成だということを教えてあげれば、それで依頼にはこたえたことになります」

麻由美が小早川に言った。

「それだけじゃ、謎を解いたことにはなりません」

小早川は尋ねた。

「それは、どういうことですか？」

「誰が何のために画像を送りつけてきたのか。それこそが謎なんじゃないですか」

小早川は再び考えた。

麻由美の言うとおりかもしれない。竹芝は、それを知りたいに違いない。いや、それを知ることこそが、彼の要求なのではないだろうか。

蘭子が言った。

「梓が言ったとおり、その写真に写っている学生が、竹芝先生に画像を送りつけた可能性が高いと思います」

蘭子の賛同を得て、梓が勢いづいた。

「彼女は、竹芝先生のゼミの学生なんですね？」

小早川はうなずいた。

「そう聞いています」

「……で、飲み会には参加していなかったんですね」

「そのようです」

「じゃあ、ゼミで孤立していたとも考えられますね」

「孤立……」

「じゃなければ、飲み会に参加していたでしょう」

「どうでしょう」

小早川は首をひねった。「飲み会は、今回が初めてで、竹芝先生はゼミが終わったときに学生たちを誘ったと言っていました。つまり、予定されていたことではないので、都合がつかない学生もいたのではないかと思います。ですから、飲み会に参加しなかったからといって、孤立していたと決めつけるわけにはいかないでしょう」

「でも、可能性はありますよね？」

「そうですね。それは否定しません」

蓮が言った。

「あのお……。ゼミを選んだということは、少なくとも竹芝先生を嫌ったり怨んだりはしていないということですよね」

「そうよね」

梓が言う。「嫌いな先生のゼミを取るはずがないもんね」

小早川は言った。

「皆さんがどういうお気持ちでこのゼミを選んでくれたかわかりませんが、たしかに、気に入らない先生のゼミを履修する気にはなれないでしょうね」

梓が小早川に言った。

「でも、こんな写真を送るってことは、怨みや憎しみを抱いているということですよね？」

「そうですね……」

麻由美が言う。

「この画像、合成自体は難しいことじゃない。でも、素材を用意するのはけっこうたいへんだと思う。竹芝先生と似たような背格好の男性を見つけて、その人といっしょにホテルの前で写真を撮らなければならない。そして、竹芝先生の顔も撮る必要がある。ケータイで撮影できるにしても、手間がかかるじゃない」

それに対して梓が言う。

「それだけ怨みが深かったのかも……」

そのとき、ずっと無言だった楓が言った。

「怨みとは限らない」

一同が注目する。小早川は、楓の次の言葉を待った。

11

無口な楓の一言は重みがある。

小早川は尋ねた。

「怨みじゃないとすれば、こんな写真を送ってきた理由は何でしょう？」

楓は即答しなかった。その無言の間にも何か意味がありそうな気がする。武道の達人のたたずまいだ。

やがて、楓がこたえた。

「怨み以外にも、いろいろな感情があるということです」

「それはたしかにそうですが……」

蘭子が言った。

「いろいろなケースが考えられるというのは、楓が言うとおりだと思います。それぞれについて検証していくべきだと思います」

小早川はうなずいた。

「そうですね。では、具体的にどういうケースが考えられるでしょう？」

ゼミ生たちは、それぞれに考え込んだ。小早川は指名した。

「加藤さん、どうですか？」

梓がこたえた。

「まずは、最悪の場合を考えるべきだと思います」

「そうですね。では、どういうのが最悪の場合でしょう？」

「先ほども言ったように、学生が怨みや憎しみを抱いているような場合です。この写真をばらまいて竹芝先生を辞職に追い込むつもりかもしれません」

「たしかにそれは、最悪のケースですね。もし、実際に竹芝先生が何か実害を被ったとしたら、どういう罪になるでしょう？」

「プライバシーの侵害であり、名誉毀損罪ですね。名誉毀損罪は、刑法二百三十条です。この写真をばらまくぞと脅したら、脅迫罪になります。こちらは刑法二百二十二条です」

「そういうことになりますね」

法律関係のことを、蘭子にこたえさせては、他の学生たちの勉強にならないな。小早川はそんなことを思う一方で、つくづく蘭子に感心していた。

これだけちゃんと法律を把握している者は、警察官でもそうはいない。やはり、法曹界で仕事を見つけるべきではないかと思ってしまう。

麻由美が言った。

「この写真を見て、竹芝先生が慌てふためくのを面白がっているのかもしれない。その場合、本当にこの写真をばらまくつもりはないわよね」

蓮が麻由美に言った。

「ただのいたずらってこと?」

「そうね。竹芝先生を困らせたいと思っているだけじゃないかしら」

「それにしちゃ、手が込んでない?」

「こういう画像を作るやつってのは、とことん凝るものなのよ」

「画像マニアってことかしら……。その写真に写っている子がマニアってこと?」

「そうね……」

麻由美は考えながら言った。「いくら画像編集ソフトがよくなったからといって、ズブの素人には、このレベルは無理かもしれないわね。その筋の心得がある人が作った画像だわ」

梓が麻由美に言う。

「本人が作ったとは限らないでしょう。誰かに頼んだのかも」

「そうね……」

麻由美は思案顔でぽつりと言った。「でも、この画像、いつ作ったのかしら……」

小早川は、思わず聞き返した。

「いつ作ったか、ですって?」

「ええ」

「それは、どういうことですか?」

「これ、送られてきたの、土曜日なんですよね?」

「竹芝先生はそうおっしゃってました」

「それで、ゼミがその前日の金曜日でしたね?」

「はい」

「そのゼミの後の飲み会が、何か問題だったんですよね?」

「竹芝先生は、そうお考えのようですね。飲み会の翌日にその写真が送られてきたわけですから、タイミングから考えても、飲み会がきっかけになったと考えるのが自然ではないでしょうか」

「そうかしら……」

「ええ。さきほども言いましたが、先週の金曜日が、竹芝先生のゼミの、初めての飲み会だったそうです。つまり、今までやったことがなかったことをやった翌日に画像が送られてきたわけですから、関連があると考えるべきでしょう」

「でも、それだと間に合わない気がするんです」

「間に合わない……？」

「ええ、翌日の土曜日には竹芝先生に送りつけているわけですよね。だとしたら、画像を作る時間は、半日くらいしかなかったはずです」

梓が麻由美に言った。

「半日あれば充分じゃない？　慣れている人なら、こんな画像、一、二時間で作れちゃうでしょう」

麻由美がこたえる。

「作業時間そのものは、そんなものかもしれない。問題は、素材なのよ」

「素材……」

「そう。いくら合成写真を作ろうとしても、素材がなければ無理なのよ。今回の画像の場合は、学生と誰か男性が、あたかもホテルから出てきたような写真を撮らなければならない。そして、竹芝教授の顔写真も必要なのよ。それらをそろえるのに、半日じゃ無理なような気がする。金曜日より前に、写真は入手していたんじゃないかしら……」

「しかしですね……」

小早川は言った。「画像をもう一度よく見てください。夕刊紙を抱えている通行人が写っているでしょう。その紙面は、間違いなく先週の金曜日のものなんだそうです」

「え……」

麻由美がノートパソコンに顔を近づける。タッチパッドとキーを操作して、画像をアップにする。他のゼミ生も画面を覗き込もうと身を乗り出した。

梓が言った。

「夕刊紙の紙面が金曜日のものだとしたら、やっぱり、この写真はゼミの飲み会の後に撮られたのかしら……」

蘭子が言う。

「だからね、この男性は竹芝先生じゃないの。別に飲み会の間だって撮れるじゃない」

麻由美がうなずく。

「そう。そして、この学生は飲み会に参加していなかったんだよね。だから、この学生とどこかの男性がホテルから出てくるような写真はいつでも撮ることができる。でも、竹芝先生の顔写真は、いつどうやって撮影したのかしら。それこそ、飲み会が終わってからでないと撮影できないでしょう」

梓が考えながら言う。

「ネットなんかからダウンロードしたんじゃないかしら。大学の案内に顔写真が出てたように思うんだけど……」

蘭子が言った。

「そんなはずはない。大学は個人情報の管理にはシビアーなのよ。顔写真を簡単に載せるはずはないわ」

梓が肩をすくめる。

「じゃあ、勘違いかしら……」

「それにね」

麻由美が言う。「この写真を見てよ。どう見ても、スナップよ。おそらくデジカメかケータイで撮影したんだと思う」

梓が首を傾げた。

「でも、その学生は、ゼミの後の飲み会には参加していなかった……。そして、この画像は、金曜日の夜か土曜日の朝に作られたものなんでしょう？　いつ竹芝教授の写真を撮ったというの？」

麻由美が言った。

「竹芝先生の写真は、金曜日よりも前に撮られた可能性が高いと思うわ」

小早川は、思わず眉をひそめていた。

「それはいったい、どういうことなのでしょう……」

麻由美はあっさりと言った。

「さあ。私にはわかりませんね。私は画像からそう判断したんです。これは、明るい場所で撮影された写真じゃありません。どこか薄暗いところで撮られたものだと思います。ゼミが始まる前だとまだ外は明るいし……」

「飲み会に行くときとか、終わって帰るときに撮られたのかもしれない」

梓が言った。「それなら薄暗い場所にいるのもうなずけるでしょう？」

蓮がおずおずと言う。

「あのお……。どうしてもわからないんですけど……」

小早川は尋ねた。

「何がわからないのですか？」

「写っている学生が、写真を竹芝先生に送りつけたという話になっていますよね」

「そうですね」

「でも、そんなことってあり得るでしょうか。自分が写っている合成写真を誰かに送りつけるなんて、そんなことをする人がいるとは思えないんですけど……」

小早川は、その意見について考えてみた。なるほど、蓮が言うことにもうなずける。

「そうですね。竹芝先生から学生とのトラブルだという相談を受けたので、写真に写っている学生との揉め事だという先入観があったのは否定できません。客観的に考えれば、戸田さんの言うとおりかもしれません」

梓が言う。

「たしかに、蓮が言うとおり、自分の写真を送りつけるというのはどうかと思うわね。こんな写真をばらまいたら、自分自身が困ることになるわ」

蓮がそれにこたえた。

「だから、こんな画像を作ったり、それを竹芝先生に送りつけたりしたのは、写真に写っている学生とは別の人物だと思うの」

小早川は蓮に尋ねた。

「戸田さんは、誰だと思いますか？」

「そうですね……。竹芝先生を怨むと同時に、その学生を怨んでいる人物なら、そういうことをしてもおかしくはないと思います」

「たしかに、画像にはその二人が写っています。普通に考えれば、戸田さんの言うとおりですね」

「普通に考えれば……？」

麻由美が小早川に言った。「あら、あまりそうは思っていないように聞こえますね」

「要求がないので、画像を送ってきた相手の意図がわからないのです」

「意図は明らかでしょう」

蘭子が言った。「竹芝先生を脅迫することでしょう」

小早川は言った。

「脅迫するには、害悪の告知が必要です。被害者にその害意が伝わらなければ脅迫罪は成立しません」

「でも、竹芝先生の場合、充分に怯《おび》えているのでしょう？　写真を送った段階で、脅迫罪になると思います」

「どうでしょう。検察はこれだけでは起訴しないでしょうし、判事も罪を認めないでしょう」

「名誉毀損罪はどうです？」

「この写真が実際にいろいろなところにばらまかれたのなら、名誉毀損罪になりますが、竹芝先生のところだけに送られてきたのですから、名誉毀損にも当たらないと思いますね」

蘭子が考え込んだ。

「実際に竹芝先生は、不安を感じているはずです。それなのに、送り主は罪に問われないのですか？」

「画像の送り主の意図次第ですね。ただのいたずらだったら、逮捕されても説教で済むかもしれません」

「送り主の意図次第……。こんな画像を送ってくるんだから、悪意があるということでしょう」

「竹芝先生の相談の内容は、相手をどうしたら罰することができるか、ということではありません。いったい、何が起きたのかを明らかにすることです」

「ならば、こたえの半分は出ていることになりますね」

麻由美が言う。「写真は合成です。ですから、ホテルに行った覚えがないのが当たり前です」

「たしかに、そうですね。しかし、私は残りの半分こそが重要なのではないかと思います」

麻由美が聞き返す。

「残りの半分?」

「つまり、誰が何のためにこんなことをしたのかを明らかにすることです」

麻由美が顔をしかめた。

「うーん、それは難しいなあ……」

梓が言った。

「とにかく、写っている学生に会いに行ってみたら?」

小早川は言った。

「会いに行く前にまず、洗うことです。彼女の素性を、竹芝先生に訊いてみることにします」

小早川は、蓮に言った。「画像の送り主が、その学生なのかそうでないのかを含めて、いろいろと調べてみる必要があると思います」

「そうですね」

蓮が言った。「送り主と写っている学生が同一人物である場合と、そうでない場合と、それぞれに仮説が成り立つと思います」

「では、その仮説を考えてみましょう」

「まず写っている学生が、画像を送ってきたのだとしたら、目的は脅迫しかないでしょう」

蓮が言った。「この画像で教授を言いなりにしたいと思っているわけです」

「なるほど……」

梓が言った。「こんな写真、奥さんにも、大学の職員にも見られたくないわよね」

「そうね」

麻由美が言った。「合成写真とはいえ、ぱっと見は本物よね。これ奥さんが見たら、たいへんなことになるわよね。いくら身に覚えがないと言っても、奥さんは聞く耳持たないかも」

それを聞いて、小早川は言った。

「事実、この画像を見て、私は本物だと思い込んでしまいました。身に覚えがないという竹芝教授に対して、何をばかなことを言っているのか、という気持ちでした」

「でも……」

梓が言う。「この画像を送っただけでは、脅迫は成立しないんでしょう？　害悪の告知でしたっけ？　つまり、脅しの言葉がなければならないんですよね」

小早川はうなずく。

「そうですね。何か具体的な文言や動作が必要ですね。そうでないと、ただのいたずらということになりますね」

「画像を送っただけでも罪になるはずです」

蘭子が言った。「先ほども言ったように、竹芝教授は充分に脅威《きょうい》を感じているのですから……」

「相手が何か要求してくるか、あるいは竹芝先生が相手を訴えれば、罪になるかもしれませんね。要求があったとたんに、恐喝罪になります」

「でも、写っている学生が送ってきたという可能性は低いと思います」

蓮が言う。「この画像が流出する恐れがあるし、本人ならそんなリスクは冒さないと思います」

小早川は尋ねた。

「もし、第三者がこの画像を竹芝先生に送ってきたのだとしたら、先生と写っている学生の両方に怨みや憎しみを抱いている人物ではないかと、あなたは言われましたね？」

「はい。そう考えるのが一番妥当だと思います」

「その場合、画像を送ってきた人物の目的は何でしょう？」

「先生と学生を困らせることでしょうね」

「困らせる……」

「もしかしたら、竹芝先生とこの写真の学生は、何か特別な関係にあるのかもしれません」

「ホテルに行くような……？」

蓮はかぶりを振った。

「そういう関係ではないにしても、授業中やゼミの最中に、他の学生が何かを感じるような……」

梓が尋ねた。

「ひいきされている、とか……？」

蓮がうなずく。

「そうね。そういうことかもしれない。そして、写真を送ってきた人物は、そのことに腹を立てているんじゃないでしょうか」

小早川は、その蓮の言葉について、しばらく考えてみた。

「つまり、その場合、写真を送った人物は、竹芝先生に何か特別な感情を抱いている可能性がありますね」

麻由美が言った。

「……あるいは、その写真の子に……」

蓮が驚いたように言った。

「あら、画像を送ってきたのは、たぶん女の子よ。しかも、この学校の学生だと思う」

「だから何だって言うの？」

「特別な感情を抱いているというのだから、相手は教授でしょ」

「そうとは限らない。女性が女性を好きになることだってあるでしょう」

「問題をややこしくしないの」

梓が言った。「単純に考えれば、教授に思いを寄せている学生、ということだと思うわ」

麻由美が肩をすくめる。

「あらゆる可能性を考えるべきなんでしょう？」

小早川は言った。

「瀬戸さんが言うとおり、あらゆる可能性を考えることが大切です。戸田さん」

「はい」

「画像を送りつけてきた人物が、女性であり、この大学の学生だろうと考えたのは、なぜです？」

蓮は、ちょっとだけ慌てた様子でこたえた。

「あ、ええと……。竹芝先生が初めて、ゼミの後で飲み会に行って、そのことが写真を送るきっかけになったと、先ほど先生がおっしゃいましたよね」

「はい、そうでしたね」

「そういう事情を知っている人が、画像を送ってきたのだと思います。ならば、当然、三女の学生ということになるんじゃないでしょうか」

「そうとは限らない」

麻由美が言う。「職員だって事情は知っているでしょう？　それに、写真の学生の関係者かもしれない。例えば、彼氏とか、元彼とか……」

「ストーカーとかね……」

梓が言うと、麻由美は大きくうなずいた。

「そう。ストーカーなら、素材になる写真を持っていたとしてもおかしくはないわね。この学生の写真をたくさん持っていた、その中の一枚を使ったのかもしれない」

「ストーカーねえ……」

蘭子が首を傾げた。「たしかに、ストーカーなら学生の写真を持っていたのはわかる。でも、どうして合成写真を作って竹芝先生に送ってきたのかがわからない」

「そうね……」

梓が考え込んだ。「たしかに、あんな合成写真を作ったり、それを竹芝先生に送ったりした理由がわからない……」

ゼミも回を重ねるごとに、学生たちが自由に発言するようになってきた。これはとてもいい傾向だと小早川は思っていた。

講義とは違うのだから、どんどん発言すべきだ。そして、できるだけ小早川は聞き役に回ったほうがいい。

そして、発言のバランスを取るのも、小早川の役目だろう。

無口な楓を指名した。

「西野さんはたしか、怨み以外にもいろいろな感情があると言っていましたね？　みんなの意見を聞いて、どう思いますか？」

楓が話しだした。

「写っている学生が、画像を竹芝先生に送ってきたというのは、やはりちょっとあり得ないと思います。つまり、第三者が何かの目的で、画像を加工し、写真を送ってきたのだと思います。その場合、送り主は竹芝先生のゼミ生の中にいて、そのゼミ生は先生に対して、何か特別な感情を抱いている、という可能性が一番高いと思います」

小早川はうなずいて言った。

「現段階では、物証といえるのは、この画像だけです。しかし、この画像からもいろいろなことが読み取れます。捜査において予断は禁物と、よく言われます。そのとおりだと、私は思います。勝手な思い込みほど危険なものはありません。その一方で、筋読みが重要であることも間違いありません。捜査を始める段階では、いろいろな可能性が目の前に開けているものです。そのすべてに全力を投入するのは不可能です。ですから、最も蓋然性の高いものに力を注ぐようにするのです」

小早川が話し終えると、梓が言った。

「最も蓋然性が高いのは楓の説、ということでしょうか？」

「みなさんは、どうお考えでしょう？」

蓮が言った。

「私はやはり、西野さんが言ったことが一番しっくりくるように思います」

「そうね」

麻由美が言った。「私もそう思う」

梓もうなずいた。

「そうね。蓋然性は高いと思うわ」

「その場合……」

蘭子が考えながら言った。「画像を送りつけた学生も、写っている学生同様に飲み会には参加しなかった可能性が大きいわね……」

梓が尋ねる。

「どうして？」

「学生が誰かとホテルから出てくるところを撮影したわけでしょう？　つまり、写真の学生を尾行していたんじゃないかしら。その写真は、間違いなく金曜の夜に撮られたものなんだから」

小早川はうなずいて言った。

「通行人が、金曜日の夕刊紙を抱えていますからね」

蘭子がさらに言う。

「もし飲み会に出ていたら、こんな写真を撮ることはできなかったでしょう」

麻由美が言った。

「偶然ということもあるわ」

蘭子が言った。

「捜査に偶然という言葉は禁物なんですよね？」

その質問に、小早川はこたえた。

「そうですね。刑事は、偶然のように見えることでも、偶然とは考えないようにしますね。すべての出来事には理由があると考えるのです」

「つまり……」

蘭子が言う。「何かの理由で尾行していたと考えたほうが、筋が通るでしょう」

小早川は言った。

「こうして、推論を進めていくと、いろいろと疑問が出てくるものです。それを、関係者にぶつけるのが直当たりです。今皆さんから出された疑問を、竹芝先生にぶつけてみることにしましょう」

それが、今日の特別ゼミを締めくくる言葉になった。

12

翌日は、午前中の三・四時限に専門科目の『捜査とマスコミ』という講義があった。報道が捜査にどういう影響を与えるか、ということに重点をおいて講義をする。時には、知り合いのマスコミ関係者を招いて講演を頼んだりする。

学生の評判は悪くない。就職先では依然としてマスコミの人気は高い。必然的に、マスコミ関係の講義の人気も高くなる。

午後は講義の予定はない。学務部で竹芝も授業がないことを確認し、彼の研究室を訪ねてみることにした。

同じ教授館にあるのだが、まだ訪問したことはなかった。

ノックをすると返事があったのでほっとした。講義がないと、さっさと帰ってしまう教授もいる。

ドアを開けると、竹芝教授が笑顔を見せた。

「やあ、電話をくだされば、こちらから出向きましたのに……」

「一度、他の教授の研究室にうかがってみたかったのです」

「まあ、こんなところですが、どうぞ」

戸口で小早川は圧倒されていた。膨大な書物が、それほど広くない研究室にぎっしりと詰め込まれている。すべての壁は本棚に埋め尽くされているのはもちろんのこと、ありとあらゆる空間に、書物が詰め込まれ、積み上げられている。

書物の隙間に、教授の机があるといったありさまだ。

その無秩序さは、不思議と心地よかった。本というのは独特の存在感がある。積み上げてあるだけで美しいと感じるのだ。

特に古い書物の存在感は圧倒的だ。

CDやDVDが並んでいても、こういう雰囲気は感じない。やはり、本には特別な力があると小早川は感じた。

それは自分がそういう年代だから感じるのだろうか。小早川はふと訝《いぶか》った。今の若い世代は、本などには関心がなく、知識の多くはネットから仕入れるのだろう。

もしかしたら、このような感慨を得ることもないのかもしれない。

ともあれ、竹芝教授の研究室は、とても居心地がよかった。外で会うと、ただの冴《さ》えない中年男の竹芝教授が、ここではなんだか魅力的に見える。

書物の森の案内人といった風情で、神秘的ですらある。

「まあ、どうぞお座りください」

本の谷に小さな応接セットがある。小早川の部屋に大きなテーブルがあるのとは対照的だ。訪ねて来る人が少ないことを物語っている。

小早川は、色あせたソファに腰を下ろした。窓から日が差し込み、逆光になった竹芝はいっそう神秘的に見えた。

小早川は言った。

「送られてきた画像ですが、あれは合成だということがわかりました」

「合成……」

「画像編集ソフトで他人の写真に先生の顔を貼り付けたもののようです」

「誰がそんなことを……」

「誰が何のために……。それが問題だと思います。そこで、その画像に写っている学生についてお尋ねしたいのです」

竹芝はうなずいた。

「当然、質問されると思っていました」

「彼女とは何か特別な関係がおありなのですか?」

「関係などありません。彼女は私のゼミの学生で、名前は前田《まえだ》悠里《ゆり》。三年生です」

「彼女が写った合成写真が送られてきたのは事実なのです。何か心当たりはありませんか?」

竹芝は考え込んだ。

「何か心当たりと言われましてもねえ……」

竹芝教授は言った。「前田君は、ごく普通の学生ですよ。まあ、今どきの女子大生ですから、写真のとおり誰かとホテルに行ったりもするのでしょうが……」

「普通の学生というのは、こたえのようでこたえになっていないと、私は思います」

「こたえになっていない?」

「普通の学生、などという言葉で片づけてはいけないと思います。何をもって普通と言うのか、普通でないというのは、どういうことなのか。それをまず、明らかにする必要があると思います」

竹芝教授は一瞬、ぽかんとした顔で小早川を見た。それから、気を取り直したように言った。

「いや、これは失礼しました。やはり、元警察官ともなると、追及が厳しいですな」

「学生をどう見ているかということだと思います。私は、学生は一人ひとり違うものだと思っています。ですから、普通という言い方に、ちょっとひっかかりを覚えたのです」

竹芝教授は、再び啞然《あぜん》と小早川を見つめた。やがて、彼は言った。

「いや、おっしゃるとおりです。先生は、実に真摯《しんし》に学生と向き合っていらっしゃる。だからこそ、学生たちの信頼が篤いのですね」

「ご指摘のとおり、警察官だったことが影響しているのかもしれません。警察官は、被疑者に対して、普通の人などという見方はしませんから……」

「前田君は、なかなか魅力的な学生ですね」

「それは、女性として、という意味ですか？」

「は……？」

竹芝教授は、きょとんとした顔になった。

今まであまり気づかなかったが、竹芝教授は、反応が素《す》で面白い。

彼は言った。

「女性として……？　いや、そんなことを考えたことはないですね。前田君は、けっこう面白い分析をするのです」

「ほう……。分析……」

「本人はどう思っているか知りません。でも、彼女は、ユニークな批評眼を持っています。芥川《あくたがわ》龍之介《りゅうのすけ》は、読者に甘えていると言ったことがあります」

「えっ」

小早川は驚いた。「そうなんですか？」

「私も、それまでそんなことを考えたことはありませんでした。前田君は、芥川独特の一種の残酷さに注目し、こういう書き方をする人は、きっと読者に甘えているに違いないと言ったのです。私は、それを聞いて、すとんと腑に落ちる気がしました。まだ試みてはいませんが、構造主義的に考えて、それが証明できるかもしれません」

「すいません。文学に関しては、あまり詳しくないもので……」

「あ、これは失礼。構造主義について、説明しましょうか？　レヴィ＝ストロースあたりから……」

「いや、それはまたの機会に……」

竹芝教授は、はっとした様子で言った。

「あ、そうでした。今はあの写真についての話でしたね」

やはり、この教授の反応は面白い。

いい意味で天然なのだ。

「彼女のそのユニークな点を、講義やゼミで公然と評価したことがありますか？」

「そうですね。ゼミで評価したことがありました。そのときも、志賀直哉《しがなおや》は小説がへただと言いだしました。私は絶句し、それから考えさせられました。これまで、『暗夜行路』などをうまいかへたかなどという尺度で読んだことがなかったのです」

「それで？」

「批評というのは、単一の尺度を持っていてはいけないのだということを、前田君の言葉を取り上げて論じました」

「そのときの前田さんの様子はどうでしたか？」

「面食らったような顔をしていましたね。彼女は、素直に思ったことを言っただけなのでしょう。しかし、時にそうした感性が批評には必要なのです」

「はあ……。なんだかうらやましいですね」

小早川が言うと、竹芝教授は驚いた顔で尋ねた。

「うらやましい？　何がですか？」

「私が普段教えているのは、実に現実的なことばかりです。犯罪捜査なんて、現実主義そのものですよ。扱うのは事実だけです。でも、文学はそうじゃありません」

竹芝教授は、肩をすくめて言った。

「私は逆に、小早川さんがうらやましい。事実というのは、目の前にあるものですからね。それをちゃんとつかまえることができる。しかし、文学というのは何一つ実体がないんです」

「文学に実体がない……？」

「そうです。考えてごらんなさい。文学の実体というのは、紙にインクで印刷された文字でしかないのです。今では、パソコンなどのディスプレイに映し出された文字も含まれますがね……。文字の集合体でしかなく、それをどう感じるかということについては、何一つ指標がないのです」

「はあ……」

「古今東西、名作とされているものだって、なぜそうなのかをちゃんと証明できる人など、この世に一人もいないのです」

「お互い、隣の芝生《しばふ》が青く見えるってことなんでしょうね。それで、そのゼミで前田さんの発言を取り上げたときに、何か特別な反応はありませんでしたか？」

「特別な反応……」

「たとえば、誰かが激しく反論したとか……」

竹芝教授は苦笑した。

「前に言いませんでしたっけ？　私のゼミの学生は、ただひたすら時間が過ぎるのを待っているだけなんです。誰も進んで発言しようとはしませんよ」

「本当にそうなのでしょうか」

「そうですよ。私のゼミだけじゃありません。今どき、日本文学など何の役に立つでしょう。即物的な企業は、そんな勉強をした学生を雇おうとはしません。学生もそれを知っているので、やる気をなくす」

「大学の学問というのは本来、企業の活動などとはまったく別の次元のものだと、私は思っているのですが……」

竹芝教授は淋しげにほほえんだ。

「それは、古き良き時代の幻想ですね。人々が文学は崇高なものだと考えていた時代の話です。もっとも、文学が崇高なものだというのも幻想ですが……」

「今の世の中、文学の勉強をすることに意味がないとおっしゃるのですか？」

「たった四年勉強したところで、文学のいったい何がわかるとお思いですか？　会社で役に立つノウハウなら、二、三年で身につくでしょう。そういう知識ならば、専門学校で充分なのです。しかし、文学の本当の価値を理解し、それを他者にちゃんと説明できるようになるためには、どれだけの時間と努力が必要かおわかりですか？　懸命に勉強しても四年間では学べることは知れている。なのに、学生たちはちゃんと勉強しようともしない。今どきの学生なんて、大学に来る必要などないのです。専門学校で充分です。企業もそういう実務的な知識を身につけた者を雇いたいと考えているようですからね」

小早川は、竹芝のシニカルな物言いの理由がようやく理解できた気がした。

「先生は、憤《いきどお》っておいでなのですね。そして、失望なさっておられるようだ」

竹芝教授は、ふと我に返ったように、恥ずかしげな表情になった。

「失望ね……。たしかにそうかもしれません。講義をするたびに、試験をするたびに、ゼミを開くたびに、私は少しずつ希望を失っていったように思います。講師として教鞭を執るようになった頃は、自分が学んだことを学生たちに伝えようという情熱を持っていました。しかし、実際に教壇に立ってみると、驚くほど手ごたえがないのです。私はうろたえました。難しい入試をパスし、高い授業料を払って大学に来るのは、学ぶためではないのか？　日本語日本文学科を専攻したのは、文学について学びたいからではないのか？　教室の机に向かい、携帯電話をいじりながら、ひたすら授業が終わるのを待っている学生は、いったい何をしたいのか？　私は激しい無力感を覚えました」

「一般教養などの授業では、私も似たようなことを思いますね」

「しかし、人間は慣れるものです。私も、そういう学生たちの態度に、次第に何も感じなくなってきたのです。それを失望と呼ぶのなら、たぶんそうなのでしょう。私は、学生のことなど考えずに、自分の紀要論文に没頭するようになりました。おかげで、教授になるのはそこそこ早かったのですよ」

ああ、この人は純粋な人なのだなと、小早川は思った。天然の反応も、純粋さ故なのだろう。

「たしかに、勉強をしない学生が多いですね。でも、そういう学生ばかりではないはずです」

「小早川先生の授業は、実にプラクティカルですから、学生も熱心に勉強するのではないですか？　古くさい日本文学なんぞ、今どき本気で勉強しようなどという学生はいませんよ」

「先生がそう思い込んでいるだけではないのですか？」

「は……？」

「私は、この研究室に来て、先生のお話をうかがっているだけで、何だか知的興奮を覚えました。そういうものは、必ず学生たちにも伝わっているはずです」

竹芝教授は、悲しげにかぶりを振る。

「それこそ幻想ですよ。私が教えることなど、学生には伝わりません。先生の教えてらっしゃるものとは違いますから……」

うらやましいと言いながら、実は竹芝教授は俺が教えていることをばかにしているのではないだろうか。ふと、小早川はそんな気がした。ばかにしているという言葉が悪ければ、軽く見ているのだ。

それは仕方のないことだと、小早川は思った。竹芝教授は学究一筋の人だ。学者としての素養も蓄積も違う。

そして、うらやましいと小早川が言ったのは、あながちよいしょでも何でもなかった。本当にそう感じていたのだ。

小早川は、警察官としての経験を活かして、犯罪捜査について、ちょっと社会学的なアプローチをしているに過ぎない。一方、竹芝教授は、どっぷりと学問の世界に浸っているのだ。

「私は、竹芝先生のようにちゃんと古典的な学問をされている方を見ると、コンプレックスを感じずにはいられませんね」

竹芝教授は驚いた様子で言った。

「小早川さんが、私にコンプレックスを……。冗談でしょう」

「この研究室は、実に居心地がいい。そして、先生のお話はとても面白い。たぶん、前田さんもそう感じていたのではないでしょうか」

「前田君が……」

竹芝教授は明らかに戸惑った様子だった。

小早川も、この研究室に来るまでは、そんなことは考えていなかった。

蓮や楓が、写真を送ってきた犯人は、竹芝に何か特別な感情を抱いているのではないかという趣旨のことを述べた。それを聞いて、正直のところ小早川は、まさか、と思っていたのだ。

竹芝教授の見かけは冴えない。とても、学生が思いを寄せるようなタイプではないと思っていた。

だが、研究室にやってきて話をしてみて、竹芝教授の魅力に気づいたのだ。彼は、日常生活では気づかないような、深い魅力を持っている。

それは、書物の谷のような研究室の雰囲気によくマッチしている。この研究室で、竹芝教授の話を聞いた学生の中には、彼に心酔する者がいてもおかしくはないと小早川は思いはじめていたのだ。

蓮や楓の説が、にわかに現実味を持ってきたように感じられた。

「そして、前田さんと同様に、先生の講義を熱心に受けていた学生が他にもいるはずです」

「それはどういうことでしょう」

「うちのゼミ生たちが言うのです。写真を送ってきたのは、写っている前田さんではあり得ないと……」

小早川は慌てて付け加えた。「あ、うちのゼミ生には、捜査員同様に守秘義務を課すことにしました。ですから、うちのゼミから外に情報が洩れることは決してありません」

「それについては心配しておりません。もともと、私のほうから先生のゼミで取り上げてくださいと頼んだのですから……」

「問題の写真は合成ですが、前田さんの顔はちゃんと写っています。この写真がばらまかれたり、ネット上に拡散したりすると、前田さんの名誉も傷つくことになります。本人がそんなリスクを冒すとは思えない、というのがうちのゼミ生たちの意見です」

「なるほど……」

竹芝教授はうなずいた。「言われてみれば、まさしくそのとおりですね。私は前田君を疑っていたのですが、うろたえると、そんなことさえもわからなくなるものなのですね」

「前田さんのことをゼミで評価したということでしたね？　もう一度うかがいます。それを不愉快に思ったりする学生に心当たりはありませんか？」

そう言われて竹芝教授はまた、しばらく考え込んだ。

竹芝教授が、あまりに長いこと無言で考え込んでいるので、小早川はさらに言った。

「その学生は、ゼミ後の飲み会に参加していない可能性が高いと思います」

竹芝教授が、「え」と言って小早川の顔を見た。

「飲み会に参加していない……」

「はい。送られてきた写真を、その夜に撮影したと思われますので」

竹芝教授が困惑の表情で言う。

「写真は合成なのでしょう」

「合成です。でも加工をする前の素材は必要なのです」

「どこをどう加工したかわからないでしょう。その写真が、先週の金曜日に撮影されたという根拠は、通行人が持っている夕刊紙ですが、それを加工したということも考えられるのではないですか？」

たしかに、その可能性はある。だが、もしそうだとしたら、麻由美が何か言ったはずだ。

麻由美は、竹芝教授の顔だけを指摘した。つまり、他の部分は原形のままだと考えるべきだと、小早川は思った。

麻由美は、こうした写真についてはかなりの目利きであることがわかった。だから、もし教授の顔以外にも、加工した部分があれば、即座に気づいたはずだと考えたのだ。

小早川は言った。

「いえ、夕刊紙は加工されていないと思います」

「誰かの顔と私の顔を入れ替えているのですね？」

「そうです」

「では、前田君の顔も入れ替えたのかもしれませんね」

「おそらく、それもないでしょう。加工したのは先生のお顔だけのようです」

「なるほど、前田君は飲み会に参加しなかった……。そして、その夜にこの写真を撮影された。……ということは、撮影した人が前田君を尾行していた可能性があるということでしょうか」

「別々に行動していたけれど、偶然ホテルから誰かと出てくるところを見かけたという可能性もあります。しかし、どちらの可能性が高いかと言うと……」

「尾行したのだろうということですね」

小早川はうなずいた。

「私はそうだと思います」

「しかし……」

竹芝教授はまた思案顔になった。「こんな写真を撮るために、尾行したというのですか……。ホテルから出てくるまで待たなければ、こんな写真は撮れませんよね……」

たしかに竹芝教授の言うとおりだ。尾行し、さらに張り込むのは、刑事でも辛い。それを素人の学生がやってのけたことになる。

「強い動機があったのかもしれませんね」

「強い動機？」

「そうです。尾行も張り込みも、普通なかなかできることではありません。半端ではない労力と時間が費やされることになります。刑事たちは、犯人を捕まえてやるという強い思いと、義務感があるので、それが可能なのです。例の写真を撮った人物も、きっと何かの強い思いがあったのです」

「それは、前田君に対するマイナスの思いですね。それで、小早川先生は、前田君をゼミで評価したことに対して、不愉快に感じている学生はいなかったか、などという質問をされたのですね」

「そうです。何か思い当たることはありませんか？」

竹芝教授は、悲しげな表情になった。

「きっと小早川先生なら、そういうことにも目配りされているのでしょうね。でも、私はまったく関心がなかったのです」

「関心がなかった？　学生たちのことに関心がなかったということですか？」

「学生たちのことというよりも、学生そのものに、です。先ほども申しましたように、いつしか、紀要論文を書いて、実績を上げることだけを考えるようになりました。何を教えても、どうせ学生たちは関心を持ってくれません。ですから私も、いつしか彼らに関心を持たなくなってしまいました」

「本当にそうなのですか？」

「え……？」

「学生たちに関心を持たないようにしているだけではないのですか？」

「どういうことですか？」

「期待して裏切られるのが怖いので、いつしか期待しないように、自分を戒めるようになったということです」

「どうでしょう……」

　竹芝教授は、真剣な表情で考えていた。やがて、彼は言った。

「私には、そもそも大学が何のためにあるのか、よくわからなくなっているのです」

「大学が何のためにあるか……」

「そうです。教育の場であるのか、それとも学究の場であるのか……。そもそも私は、教育と学究というのは、まったく別のもので、同時には成り立たないのではないかと思っているのです」

「なるほど……」

「大学は本来、どういうものであるべきなのか。それをちゃんと考えないと、どんどんおかしな方向に行ってしまうのです」

「たしかに、おっしゃるとおりかもしれませんね。それで、竹芝先生はどちらだとお考えなのですか？」

「大学の役割ですか？　私は学究であるべきだと思いますね」

「やはり……。あなたはそうおっしゃると思っていました」

「人類の財産とは何でしょう。それは、膨大な知識ではないでしょうか。それを繰り返し学び、新たな知識や思考を生み出していく。それこそが、大学の価値ではないでしょうか」

「そのとおりだと思います」

「大衆が何を学ぶか。そんなことと、大学は無関係でいいのです。大衆の多くは、相対性理論など理解していないし、日本の文学史に残る主要な作品すら読んだことがないのです。だからこそ、誰かが、人類が蓄積した知識を繰り返し学ばなければならない。それが大学の役割だと思うのです」

「おっしゃることは、とてもよくわかります」

竹芝教授はほほえんだ。

にもかかわらず、やはり悲しそうな顔に見えた。

「ですから私は、大学で一般学生に教育するのは無駄なことだと思いますし、本来やる必要のないことだと考えています」

「無駄とか必要がないというのは言い過ぎではないでしょうか。学究にたずさわる人材を育てることは必要なわけですし……」

「真に学究を志す人材は、百人いて一人育つかどうかでしょう」

「実務的な教育も必要でしょう。例えば、法律家を育成するとか、医者を育てるとか……」

「法律や医療を教えるのは、大学の役割ではないと思います。ですから、大学とは別のロースクールやメディカルスクールを作って訓練をすればいいのです」

竹芝教授とこうした話をするのは楽しかった。大学で仕事をしているという実感を得ることができる。

普段、教授やその他の教職員たちの間で交わされる話題は、たいてい人事のことだった。もっと有り体に言えば、派閥や学部長のポスト争いの話だ。

もちろん、直接自分の立場に関わってくる話題だから、そうした事柄に関心を持つのは当然だ。だが、あまりに俗物的でつまらないという気がしていたのも確かだ。

それなら、警察と変わりない。警察官たちも、常に人事を気にしていた。役人とはそういうものだ。

こうして竹芝教授と話をしてみて初めて、自分が本当にアカデミックな世界の一員になれたのだという気がした。

だが時間は限られている。楽しいからといっていつまでもこのような会話を続けているわけにもいかない。

小早川は尋ねた。

「つまり、学生に関心がないので、誰が誰をどう思っているかなどということはわからないと……」

「あ、話が横道に逸れてしまって申し訳ありません。そういうことです。前田君について、誰がどのようなことを考えていたか、私にはまったくわかりません」

「わからないと思っていることでも、実は記憶に残っていることがあります。人間は、意外なほど多くのことを記憶に留めているのです」

「そうなのかもしれませんね。しかし、もともと関心がないことは記憶に残らないでしょう」

「先ほども申しましたが、先生は学生に関心がない振りをされているだけではないでしょうか。でなければ、わざわざ私にゼミの後の飲み会のことなどお尋ねにはならなかったはずです」

竹芝教授はさっと肩をすくめた。

「単純にうらやましかったのですね」

「やってみていかがでした？」

「そうですね。誘ってみてよかったと思いました。学生の頃の気分を思い出しましたね」

「そのとき、飲み会に欠席している学生のことについて、何かお聞きになりませんでしたか？」

竹芝教授が怪訝な表情になった。

「欠席していた学生について……」

「ええ。飲み会には、いない者の噂は付きものですから」

「そう言えば……」

竹芝教授は、思い出した様子で言った。「前田君のことを話していた学生がいたように思います」

「どんな話題でしたか？」

「彼女は文芸編集者を目指している、という話でした。私はそれについて、意外に思ったのです」

「意外に……？　なぜです？」

「私から見て、前田君は間違いなく創作家に向いています。作家を志すべきなのです」

小早川はにっと笑った。竹芝教授が言った。

「何です？　私が何か変なことを言いましたか？」

「やはり、学生に関心がないわけではないのだと思いましてね……。事実、前田さんのことを考えておられる」

「ああ……。彼女は特別ですね。あの感性は天性のものだと思います」

「そういう思いというのは、自然と外に表れるものです」

竹芝は驚いた顔で言った。

「別に私は前田君に対して特別な感情を抱いているわけではありませんよ。あくまでも教え子として、面白い感性を持っていると考えているに過ぎません」

「それでも特別だと感じておられるのは確かでしょう。学生というのは、そういうことに敏感なものです」

「なるほど、そのことについて不愉快に思っている学生がいると……。その学生が誰か、お知りになりたいということですね？」

「はい」

「その条件に当てはまるかどうかわかりませんが……」

「どんなことでも参考になります。お聞かせください」

「前田君と真逆とも言える学生がいます」

「真逆……？」

「ええ。久世秋恵《くぜあきえ》といいます。彼女は小説家になりたいと言っているのですが、批評的なタイプで、創作家ではなく評論家や編集者向きだろうと私は思っています」

「おや、関心がないとおっしゃりながら、その久世さんという学生のこともよくご存じなのですね」

「久世君は、たまにこの研究室にやってきますからね」

「研究室に……。それはやはり、先生の講義に興味があるからなのでしょう」

「いや、私が教えることを覚えているわけでもなさそうなので、そうでもないと思います」

「ちゃんと話をなさったことがありますか？」

「小説家になれるかどうか心配なので、指導をしてほしいと言われました」

「それで、先生は何と……？」

「私は小説家ではないので、それは無理だとこたえました」

「それで……？」

「それでも彼女は、ここにやってくるのです」

次に話を聞くべき人物が決まったと小早川は思った。前田悠里と久世秋恵だ。

13

「その二人に、話を聞けませんか？」

小早川が尋ねると、竹芝教授は表情を曇らせた。警戒心を抱いたようだ。

「その二人というのは、前田君と久世君のことですか？」

「そうです」

「写真に写っていた前田君はともかく、久世君にも話を聞かなければならないのですか？」

「ええ。できれば……」

「久世君は、単に前田君とは対照的だと私が感じただけです。それでも話を聞く必要があるのですか？」

「はい。もし本人が何も知らないとしても、それを確認する必要もありますので……」

「なるほど、捜査というのは容赦のないものなのですね」

「前田さんは、間違いなく先生のゼミで目立つ存在だったのでしょう。同様に、久世さんも、先生にとって強く印象が残っている学生なのでしょう。だとしたら、無関係ではない可能性があります」

竹芝教授は、しばらく考えてから言った。

「なるほど、犯罪というのは、被害者だけでなく、周囲にいる者をも不快にするものなのですね」

「捜査に不快感を抱く方は多いと思います。しかし、一般市民の協力なしでは事件は解決できません」

「わかりました。どうすればいいですか？」

「警察なら、連絡先を教えてくれと言うだけですね。事前にアポを取ったりはしません。対象者が証拠湮滅《いんめつ》を計ったり、逃走したりする恐れがありますから、予告なしに直接訪ねていくのが原則です」

「予告なしに直接……」

竹芝教授は、苦い表情になった。「やはり、警察の世話にはなりたくないですね」

「私も今ではそう思います」

「二人の連絡先をお教えすればいいということですか？」

「できるだけ穏便に話を聞きたいと思います。突然訪ねていったり呼び出したりは避けたいと思います。まず前田さんから話を聞きたいのですが、彼女とお会いになる予定はありませんか？」

「そりゃ、講義やゼミでは会いますよ。彼女が休まない限り……」

「二人きりでお会いになる機会は？」

「特に予定はありませんね」

「では、何か口実を見つけて、なんとか彼女を呼び出してください。そこに私が同席します」

「口実と言いましても……。へたなことをすれば、アカハラ、セクハラと騒がれますし……」

「面倒な世の中になったものですね。先生が学生を呼び出して問題になる恐れがあるというのですから……」

「李下に冠を正さず、ですな」

「何か問題が起きそうになっても、私が証人になりますよ」

「まあ、そういうことでしたら……」

「連絡を取っていただけますか？」

「わかりました。今日はゼミの日なので、それとなく声をかけてみます。面会の日時が決まったら、お知らせしましょう」

「お願いします」

小早川は、席を立とうとして、もう一度研究室内を見回した。ずらりと並んだ書物の列は、なだらかなウェーブを描いている。しんと静まりかえった室内は、まさに本の森だった。

もうしばらくここにいたい。小早川はそう思いながら立ち上がった。


竹芝教授から電話がかかってきたのは、その日の午後四時半頃だった。ゼミが終わったのだ。

「月曜日の午後一時なら、研究室に来られるということです」

それを聞いて小早川はこたえた。

「わかりました。では、その時間に私もお邪魔することにしましょう」

ふと、ゼミ生の五人のことを考えたが、微妙な話になるだろうから、彼女らを連れて行くべきではないと思った。

竹芝教授が言った。

「前田君を呼び出しても、私は何を話せばいいのかわからないのですが……」

「それは、私に任せてください」

「すみません」

そう言った竹芝教授の声は、明らかに安堵していた。「何から何までお世話になって……」

「お気になさらないでください。私はお役に立ててうれしいのです」

これは、半ば本音だった。

学内には取り立てて親しい人物はいない。これを機に、竹芝教授と親しくなれればいいと思っていた。

職場に友人など必要ないと、小早川は思っていたが、やはり日常的に会話ができる相手がいると、ずいぶんと気分が変わるものだ。

カフェテリアでいっしょに昼食を食べたときには、竹芝と親しくなることなど考えもしなかった。

ゼミ後に学生と飲みに行くことを話題にされたときは、あれこれ詮索されているようで不快感すら覚えたものだ。

だが、彼の研究室を訪ねてみて、印象が一変した。やはり人は、いるべき場所にいるときに、一番魅力的に見えるものだ。

竹芝教授が言った。

「では、よろしくお願いします。月曜日の午後一時に……」

「了解しました」

小早川は電話を切った。


小早川は、約束の時間より五分ほど早めに、竹芝教授の研究室を訪ねた。本の森にやってくるのが楽しみだった。小早川は、特に読書家だったわけではない。それでも竹芝教授の研究室に惹かれる。あふれる本の存在感が圧倒的で、それが心地よいのだ。

竹芝教授は、落ち着かない様子だった。

小早川は言った。

「先生が緊張されることはありません」

「いや……。そう言われましても……」

「前田さんには、どこに座ってもらいましょう……」

小早川の研究室のように、大きなテーブルが置いてあるわけではない。小さな応接セットがあるだけだ。

結局、竹芝教授の机の脇にパイプ椅子を置いて小早川が座り、応接セットのソファに前田悠里を座らせることにした。

彼女は時間通りにやってきた。

戸口に立ち、小早川がいるのを見て、ちょっと意外そうな顔をした。

「お話があるということですが……」

竹芝がうなずいて言った。

「まあ、掛けてください」

前田悠里は、言われるままにソファに腰を下ろす。緊張している様子はない。ただ、そこに小早川がいることを訝っている様子だ。

竹芝が言った。

「小早川教授は知っていますね？」

「はい……。授業を取ったことはありませんが……」

「実は、あることで小早川先生に相談をしていましてね。今日はそのことで来てもらったのです」

「相談……？」

竹芝が小早川を見た。あとは任せるということだ。

小早川は前田悠里に言った。

「ある写真が竹芝教授あてに送られてきました。この写真です」

小早川は、スマートフォンを取り出し、画像を前田悠里に見せた。

彼女はスマートフォンの画面を覗き込み、目を丸くした。それから、小早川と竹芝を交互に見た。

無言のままだ。言葉が出てこないのだろうと小早川は思った。

竹芝教授が言った。

「私も驚きました。しかし、どうやらこれは合成写真のようです」

「合成写真……」

「ええ、誰かの顔と私の顔を入れ替えたようです」

前田悠里は、小早川のスマートフォンを手に取り、あらためて画像を見つめた。

小早川は言った。

「どこでこの写真を撮られたか、心当たりがありますね？」

前田悠里は無言でうなずいた。

警察の取り調べならば、ちゃんと記録に残すために、声に出して返事をしてもらわなければならない。だが、ここではその必要はない。

小早川はさらに尋ねた。

「誰がこの写真を撮ったか、知っていますか？」

前田悠里はスマートフォンを小早川に返すと言った。

「いいえ。誰が撮影したかは知りません」

「心当たりは？」

「わかりません」

「見てのとおり、いっしょにいる人物の顔が、竹芝教授と入れ替わっています。そして、この合成画像が竹芝教授に、ＳＮＳのメッセージを通じて送られてきました。……ということは、この写真を撮影したり、画像を加工した人物は、あなたや竹芝教授と関わりがある人物、ということになります」

前田悠里は竹芝教授を見て言った。

「いったい、何のためにこんな写真を先生に……」

竹芝教授が言った。

「わかりません。何かを要求されたわけでもありません。ただこの写真が送られてきただけなのです。おそらく、私がうろたえる姿を見るのが楽しいのではないでしょうか。だとしたら、犯人は充分に目的を果たしたことになりますね。私は、とてもうろたえていましたから」

「要求がないということは、ただの嫌がらせということでしょうか」

小早川は言った。

「嫌がらせでも罪になるんですよ。迷惑防止条例違反になりますし、この写真がもし公になるようなことがあれば、名誉毀損にもなります」

竹芝教授が前田悠里に言った。

「私は何も、この写真を送ってきた人物を法的に罰したいと思っているわけではないのです。おそらく、身近にいる人物なのでしょう。どうしてこんなことをしたのか、知りたいのです」

「相手の気持ちを知りたいということですね」

「そうです。何か理由があるなら、それを明らかにしたいのです」

前田悠里は、すでに落ち着いてきたようだと、小早川は思った。写真を見た当初は彼女も驚き、戸惑っていた。

だが、今は冷静に物事を考えられる状態に見えた。

小早川は質問を再開した。

「この写真が撮影されたのは、いつでしょう?」

「先々週の金曜日のことだったと思います」

「ゼミの後ですね？」

「そうです」

「あなたは、ゼミの後の飲み会に参加せずに、どなたかとお会いになった……。そこを、写真に撮られたということですね」

「そうですね……」

「あなたが、この写真の方とお会いになることを知っていた人はいますか？」

「そうですね……。ゼミの何人かには、会いに行くことを話しました。飲み会に行かないのか、と訊かれたので……」

「何人に話したか、正確に思い出せませんか？」

「正確には無理ですね……」

「どなたに話したのか、覚えている範囲で教えていただけませんか？　もし、差し支えなければ……」

前田悠里は、小さく肩をすくめた。

「別にかまわないと思います」

そして彼女は、三人の級友の名前を言った。その中に、久世秋恵の名前があった。小早川は、さりげなく尋ねた。

「その三人は、飲み会には参加されたのでしょうか？」

「ええと……。二人は出たと思います」

「二人？」

「ええ。久世さん以外は……。久世さんも用があるとかで、参加しなかったはずです」

それから彼女は、竹芝教授に言った。「たしか、そうでしたよね」

小早川は竹芝を見た。竹芝はうなずいて言った。

「ええ。間違いありません」

「では、飲み会に出席した二人については取りあえずおいておいて……」

小早川は言った。「久世秋恵さんについてお尋ねします。彼女とは親しいのですか？」

「ええ。親しいと思います」

「久世さんと最近、仲違《なかたが》いをしたというようなことはありませんか？」

前田悠里の表情が曇る。

「いいえ。別に……。どうしてそんなことをお訊きになるのですか？」

小早川は穏やかにほほえんだ。刑事が尋問するとき、相手からの質問には決してこたえない。

ここではどうするべきか。考えてから言った。

「久世さんがその写真を撮った可能性があるからです」

小早川は、言ってから前田悠里の反応を観察していた。尋問において重要なのは、相手の言葉よりも態度や行動だ。

アメリカのアルバート・メラビアンという心理学者によると、人と人とのコミュニケーションにおいて、言語の内容が果たす役割は七パーセントほどに過ぎず、あとの九三パーセントは顔の表情だとか声の調子などによるのだという。

人々はこのことを体験的に知っているし、もちろん刑事も心得ている。だから時折、法律が実情に合っていないなと感じることがある。法律では、言葉がすべてだからだ。

被疑者が自白すれば、それがどんな気持ちで言った言葉であるかは問題にされず、証拠として提出される。言質《げんち》のようなものだ。

自白を強要されたかどうかは厳しくチェックされるが、被疑者が自白したときの心理状態はあまり斟酌《しんしゃく》されない。それは証明することが難しいからだ。

検察側と弁護側の攻防はまるでゲームのようだと小早川は思っている。そして、検察はよく物語を創作する。手にした事実を組み合わせてストーリーを作るのだ。

そのストーリーに合わない事実は無視することもある。正しいかどうかというより、勝つか負けるかを考えている検事がいることは事実だ。

検事同様に、とにかく被疑者を追い込んで自白を取ろうとする刑事もいた。そういう先輩を見て小早川は、自分自身に自白至上主義を戒めた。

今は科学捜査の時代だ。証拠がものを言うのだ。

「久世さんが……」

前田悠里は、戸惑った表情でそう言った。だが、それが妙に芝居じみて見えた。

「そうです」

小早川は言った。「あなたがその写真の人物とお会いになることを知っていた三人のうち、二人は飲み会に出ていたので、その写真を撮影することは、ほぼ不可能と考えていいでしょう。その写真を撮影するためには、尾行、さらに張り込みが必要だったはずですから……。残るは、久世さんということになります」

前田悠里は、戸惑った表情のまま言った。

「他にもしゃべったかもしれません。今思い出せるのがその三人ということなんです」

「それでも、久世さんがあなたを尾行して、その写真を撮影したという可能性は否定できません」

「久世さんがそんなことをするとは思えません」

前田悠里が言った。その語調には、あまり真実味が感じられないと小早川は感じていた。

この場面では、そういう台詞《せりふ》を言うべきだ。そう考えて言ったのではないかという気がした。

もちろん根拠はない。だが、小早川は自分の感覚を信じていた。よく勘という言葉を使うが、職業的な勘はただのひらめきではない。長年にわたる経験の蓄積から生み出されるものだ。

たとえば、熟練の職人は手触りだけで、コンマ何ミリの違いがわかるという。経験が体に染みついているのだ。

刑事もそうだ。尋問の感覚が体に染みついている。

「なるほど……」

小早川は言った。「なぜ、そんなことをするとは思えないのですか?」

前田悠里は、虚を衝《つ》かれたように目を丸くした。

「だって、同じ学科だし……」

「それは理由にならないと思いますよ」

「私たち、よく話をするんです。久世さんが作家志望で、私が編集者志望なので……。将来、私が久世さんの担当編集になれればいいね、なんて話もしてます」

「よく話をするからこそ、妬《ねた》みを買うということもあります」

「妬み……」

彼女はまた、先ほどと同じように戸惑ったような表情になった。やはり演技をしている。小早川は確信した。

「そうです。あなたは編集者を志望されているということですね？」

「ええ」

「そして、久世さんは作家を志していると……」

「そうです。それは、竹芝先生もご存じのはずです」

小早川は、ちらりと竹芝のほうを見た。竹芝が何も言わないので、言葉を続けた。

「話をしているうちに、もし、あなたのほうが作家に向いていると、久世さんが感じたとしたらどうでしょう」

「そんなこと、あるはずないです」

「どうしてでしょう」

「私、作家になろうなんて思ったことありませんから……。だから、久世さんにもそんな話をしたことはありません」

「作家や作品について語り合うことはありましたか？」

「ええ。二人とも小説が好きですから……。大きな文学賞なんかがあると、その作品を読んで二人で感想を言い合ったりしました。久世さんはちゃんとした批評をするんです。分析もしっかりしているし……。それに比べて、私は、感覚的なことしか言えなくて……」

「感覚的なこと？」

「そうです。私ならこう書く、とかそういう話しかできないんです」

「竹芝教授によると、二人ともとても優秀なのですが、作家に向いているのは久世さんではなくあなたのほうで、久世さんは編集者や批評家向きだということですね」

前田悠里は驚いたように竹芝を見た。

「え、そうなんですか？」

竹芝がうなずく。

「そう。どちらかというと、今小早川先生が言われたような傾向があると思います」

「あら……。なりたいものと向いているものが逆だなんて……」

「そういうことは、しばしばあるものです」

小早川は言った。「もし、久世さんがそれに気づいていたとしたら、きっと複雑な心境でしょうね」

「そんな……。たぶん、何とも思わないと思いますよ。私、彼女の邪魔をしているわけじゃないんだし……」

「本人に邪魔をしているつもりはなくても、相手がどう思うかは別問題です」

「何もしていないのに、妬まれたり怨まれたりしたらたまりませんね」

「でも、そういうことは起こり得るんです」

「まさか、久世さんが……」

「あなたは、そう言いながら、実は久世さんならあり得ると思っているのではないですか？」

この質問に驚いた顔をしたのは、前田悠里本人よりも竹芝教授のほうだった。

前田悠里はこたえた。

「そんなこと、思っていません」

「あなたは、久世さんの名前を聞いて驚いたような演技をされた。それは、何か思い当たる節があるからじゃないのですか？」

「演技だなんて……」

「私にはわかるのです。伊達《だて》に長い間刑事をやっていたわけではないので……」

前田悠里は眼を伏せた。無言で何か考え込んでいる。当たりだった、と小早川は思った。やはり、前田悠里は驚いた演技をしていたのだ。

小早川は言った。

「心配しないでください。竹芝教授が言われたように、我々は写真の送り主を法律で罰しようと思っているわけじゃないんです。ただ、どうしてこんなことをしたのか、理由を知りたいだけなんです」

前田悠里は下を向いたまま何事か考えつづけている。

小早川は、さらに言った。

「別にあなたを責めているわけでもありません。言いたくないことがあれば、言わなくてけっこうです。ただ、竹芝教授はこの加工された写真でずいぶんとショックを受けられました。竹芝教授のためにも、私は真相を知りたいと思っているのです」

前田悠里が顔を上げた。

「画像の加工です」

小早川は聞き返した。

「画像の加工？」

「久世さんが、そういうの好きなのを思い出したんです」

「写真の加工が得意だということですね？」

「旅行で撮った写真とか、きちんとトリミングしたり、暗いところをレタッチしたり、きれいな写真にして送ってくれます」

「やはりあなたは、この写真を送ってきたのが、久世さんかもしれないと思っていたわけですね」

前田悠里がかぶりを振った。

「久世さんだと思っていたわけじゃありません。ただ、写真の加工と聞いて、もしかしたらと……」

「久世さんには、お付き合いされている方がおいででしょうか？」

小早川が尋ねると、前田悠里は、再び虚を衝かれたようにきょとんとした顔になった。

「彼氏ですか？　いいえ、いないと思います」

「それも影響しているかもしれませんね」

「それって……？」

「リア充とか言うんでしたっけ？　あなたは、現実の恋愛関係でも充実されている。もし、写真を送ってきたのが久世さんだったとしたら、そういう点も、彼女はうらやましかったのかもしれません」

　前田悠里が慌てた様子で言った。

「ちょっと待ってください。リア充って、何のことですか？」

「その写真です」

「は……？」

「その写真は、男性とホテルから出てきたところを撮影されたのでしょう？」

「あ、これですか？　そうですね。そういうふうに見えますよね」

　小早川は眉をひそめた。

「違うのですか？」

「いっしょにいるの、叔父です」

「叔父さん？　じゃあ、叔父さんとホテルに……？」

「何言ってるんですか。違います。これ、恵比寿《えびす》なんですが、恵比寿って紛らわしいんですよ。飲食街の中に何軒かラブホがあるから……」

「え……」

「叔父が長野《ながの》から出てくるというので、食事に付き合ったんです。宿泊しているのが恵比寿だというので、有名な中華の店に行ったんです。その帰りに、このホテルの前を通ったんです」

「中華の店……？」

「そうです。路地裏で、ちょっとわかりにくい場所にあるんですが、すごくおいしい店なんです」

「なるほど、写真のマジックというわけですね。写真週刊誌がよく使う手です」

「写真週刊誌が……？」

「芸能人のカップルがマンションの前にいるだけで、お泊まり愛ということになってしまいます」

小早川はスマホで例の画像を見ながら言った。「この写真もいい角度で撮られています。ホテルの看板が目立つところにあり、二人で出てきたように見えますね」

「そういう目的で撮影したんでしょうか……」

「おそらくそうでしょう」

「私と竹芝先生に嫌がらせをするために……？」

「現時点では、そういうことになっていますね」

前田悠里は唇を咬《か》んで下を向いた。小早川は言った。

「まだ誰が写真を撮り、送ってきたのかはわかりません。久世さんはそれを実行した可能性があるというだけです。彼女がやったと言っているわけではないのです。ですから、ここで話し合ったことは、誰にも言わないでいただきたいのです」

前田悠里は、悄然《しょうぜん》として言った。

「わかりました」

「この写真が撮られた日ですが……」

「は……？」

彼女は顔を上げて小早川を見た。

「叔父さんとの約束があったから、ゼミの後の飲み会に出席されなかったわけですね」

「そうです」

「その約束がなければ、出席されましたか？」

「ええ、特に用事がなければ……。先週は飲み会にも行きましたし……」

「そうですか。私からは以上です」

竹芝が言った。

「なんだか、犯罪の捜査のようなことになって済みません。さきほど小早川先生が言われたとおり、私は相手を罰しようとは思っていません。理由が知りたいだけなのです。ですから……」

「ご心配には及びません」

前田悠里が言った。「真相がわかるまで、誰にも話しません。久世さんにも……」

竹芝が言った。

「そうしてくれると助かります」

前田悠里が立ち上がった。

「では、私は失礼します」

彼女が部屋を出て行くまで、小早川も竹芝も何も言わなかった。

14

「私のために気をおつかいになって質問をされましたね」

竹芝教授が小早川に言った。

「は……？」

「叔父さんと約束がなければ、ゼミ後の飲み会に出席したか、とか……」

「ああ……。まあ、そうですね」

「交際相手とホテルに行くくらい、あの年齢の女性なら当たり前だと思っていました。でもなぜか、ちょっと嫌な思いをしていたのも事実です。ホテルから出てきたところを写真に撮られたわけじゃないと知って、ほっとしましたよ」

「わかります。ゼミ生を、自分の娘のように感じることが、私にもありますから……」

竹芝教授は、小さく肩をすくめて言った。

「こういう話をすること自体が、アカハラやセクハラになりかねません」

「他に誰も聞いていないのだから、気にすることはありません」

「学生の個人的な事柄には、なるべく立ち入らないようにしてきました。彼女らが私生活で何をしようと、学問には関係ない。そう考えるようにしていたのです」

「師弟関係だって、人と人との関わりです。個人的なことをまったく無視するわけにはいかないでしょう」

「小早川先生は、精神的にお強いのだと思います」

「精神的に強い……？」

「人と人の距離が近づくと、それだけいろいろな感情が生じます。それが親愛の情などのプラスの感情とは限りません。拒否や嫌悪といったマイナスの感情も生まれるのです。私はそれが恐ろしいのです」

「私だって恐ろしいです。要するに、どちらを気にするか、だと思います。私は、マイナスの感情よりも、プラスの感情を重視するようにしています」

「それが人付き合いのコツでしょうね。私は人よりも書物に囲まれて生きていく方が楽なんです」

「その書物だって人が書いたものなんですよ」

「ほう……」

竹芝教授は、ちょっと驚いたような顔になった。「そんなこと、考えたこともありませんでした。なるほど、いくつになっても勉強になるものです」

竹芝教授の素直さに、小早川は思わずほほえんでしまう。

「さて、急いで久世さんに会わなければなりません。時間が経てば、他人の口から彼女が疑われているという噂が、彼女自身の耳に入る恐れがあります」

「前田君が誰かにしゃべるということですか？」

「噂というのはそういうものです。前田さんにその気がなくても、ついぽろりとしゃべってしまうこともあります。それに尾ひれがつくのです」

「いつ、どうやって呼び出せばいいでしょう……」

「電話番号をご存じですか？」

「ええ、ゼミ生の電話番号はひかえてあります」

「では、すぐに電話をかけてみてください」

「えっ、こちらから電話をかけたことなどありませんが……」

「久世さんは、よくこの研究室にいらっしゃるのでしょう？」

「まあ、たまに……」

「ならば、向こうは気にしないはずです」

「何と言えばいいのでしょう？」

「話し合いたいことがあると言うだけでいいと思います」

竹芝教授はしばらく逡巡していたが、携帯電話を取り出した。

「ああ、竹芝です。大学の……。そうです。今、学内にいらっしゃいますか？　……そうですか。できるだけ早く、お話ししたいことがあるのですが……」

電話を切ると、竹芝は言った。

「学内にいたので、すぐにこちらに来るということです」

それから十分後に、ノックの音が聞こえた。

「どうぞ」

竹芝教授が言うと、ドアが開いた。やってきた学生は、とても地味な印象があった。まったく化粧をしていない。髪も無造作に後ろで束ねただけだ。

服装も地味だった。明るい色のものを一切身につけていない。そして、肌の露出が少ない。

女子大ではこういうタイプは珍しくはない。周囲が同性ばかりだとつい服装に気をつかわなくなるものだ。

久世秋恵の場合は、気をつかわないというより、もともとそういう趣味だという感じがした。

彼女は、小早川を一瞥した。その眼に力があり、小早川が一瞬たじろぐほどだった。

「お話というのは、何でしょうか」

彼女は真っ直ぐに竹芝を見て言った。

「ああ……。小早川先生は知っているね？」

「存じております」

「小早川先生からいくつか質問がある」

「私にですか？　何についてでしょう？」

「まあ、かけてください」

久世秋恵は、一瞬戸惑いを見せた。

「失礼します」

彼女は、先ほど前田悠里が座っていたソファに座った。ジーパンをはいているが、きちんと膝をそろえている。

竹芝と小早川も同じ位置だ。

「まず、これを見てください」

小早川は、スマートフォンで例の画像を表示した。久世秋恵は、しばらくそれを見つめていた。

彼女は何も言わない。写真を見て衝撃を受けているようにも取れるし、今後の会話の展開を考えているのかもしれない。

シラを切るべきか、あるいは何か言い訳すべきか……。

小早川は、スマートフォンを引っ込めると言った。

「竹芝教授が前田さんといっしょに、ホテルから出てきたところのように見えますね。でも、写真の人物は本当は竹芝教授ではないのです」

久世秋恵は、それでも何も言わない。

おそらく、シラを切るつもりだと、小早川は思った。それともこのまま黙り通すつもりだろうか。もちろん彼女には、黙っている権利がある。しゃべりたくないことをしゃべる義務はないのだ。

小早川はさらに言った。

「別の男性の顔が、画像加工ソフトで付け替えられているようなのです」

久世秋恵が口を開いた。

「わかっています」

「やはりそうですか。あなたは、パソコンで画像の加工をするのが得意だと聞きました」

「誰がそんなことを言ったのでしょう？」

尋問のときに、相手からの質問にはこたえない。その刑事の原則に従うことにした。

小早川は確認した。

「あなたには、この画像が加工されたものだということがおわかりになるのですね？」

「もちろんわかります。その写真を加工したのは、私ですから」

あまりにあっさりと認めたので、小早川は拍子抜けしてしまった。

ここまでは予想したことだった。竹芝も、口には出さないが、彼女を疑っていたに違いない。

問題はその理由だ。

「あなたは前々回のゼミの後、飲み会には参加せず、前田さんを尾行して、さらに張り込み、その写真を撮ったのですね？」

「それは違います」

彼女は、表情が読みにくい。面をかぶっているように無表情なのだ。おそらく、緊張しているからだろうと、小早川は思った。

「違う？　では、どうしてこの写真が撮れたのですか？」

「偶然です」

「偶然？　どのような偶然ですか？」

「その写真は恵比寿で撮ったのですが、その日、私も用事があって恵比寿にでかけたのです」

「どんな用事ですか？」

「高校時代の友達と会う約束がありました」

警察官なら相手の名前を聞いて裏を取るところだ。だが、この場合、その必要はないだろう。彼女の言い分を聞くだけでいい。小早川は、そう判断した。

「何時の約束でしたか？」

「午後六時でした。ゼミが終わったのが、四時十五分だったので、早めに行ってアトレで買い物をしていました」

「何を買いましたか？」

「何も……。買い物といってもウインドウショッピングでした」

「それで……？」

「待ち合わせの店へ行き、食事をしました。マンションの一室を改装した、隠れ家風の和食屋さんでした」

「食事は何人でされましたか？」

「三人でした。高校時代に仲がよかったグループです」

「食事の後は？」

「そのまま店を出て駅に向かいました。午後九時頃でした。その途中で、前田さんを見かけたのです」

「声をかけなかったのですか？」

「向こうは男性といっしょでしたし……。叔父さんに会うと言っていたので、たぶんいっしょにいたのは叔父さんでしょう。中年の男性でした。こちらも、友人がいっしょでしたから、声はかけませんでした。けっこう距離もありましたし……」

彼女のうけこたえはしっかりしている。返ってくる言葉に迷いが感じられない。それでいて、やはり表情が読みにくい。

「そのとき、前田さんたちはどこにいましたか？」

「歩道を歩いていました。飲食店が並んでいるあたりから駅に抜ける細い路地です」

「そこで写真を撮ったのですね？」

「そうです」

「何のために？」

「別に理由はありませんでした。咄嗟にスマホで撮影したんです。後で前田さんに写真を見せれば、驚くと思ったし……」

今では、スマホを持ち歩くのが当たり前になり、そのスマホには必ずカメラがついている。解像度もいい。おかげでデジタルカメラがすっかり売れなくなったということだ。

そして、何でもかんでも撮影する人が増えた。外食をすれば料理を撮影する。飲みに行けば記念撮影をする。

昔は写真を撮る行為はちょっとしたイベントだった。だが今は実に日常的なことになってしまったようだ。

小早川の世代はそれほどスマホや携帯電話のカメラ機能を使わない。だが、若い世代はすぐに写真を撮る。

「その写真を加工したのですね？」

「はい」

「なぜです？」

「それも、別に理由はありません。家に帰って写真をパソコンに取り込んでみたんです。翌日は休みで、暇でしたし……。そうしたら、これも偶然なんですが、前田さんと叔父さんがラブホから出て来たようなショットがあったんです。一人で笑い出してしまいました。前田さんに見せたらウケるだろうなと思いました」

「それで……？」

「もっとそれらしい写真になるようにトリミングしたんです。そうしたら、もっと加工したくなって……。男性を誰か別の人と入れ替えたらさらに面白くなると思いました」

「それで、前田さんの叔父さんの顔を、竹芝先生の顔と入れ替えたんですね？」

「ええ。深夜に一人で部屋にいて、そういうことをしていると、どんどんエスカレートしてくるんです。いろいろな顔を当てはめてみましたが、一番しっくりきて、なおかつ衝撃的なのは竹芝先生のお顔でした」

「できた画像を、竹芝先生に送ったというわけですね」

「それを竹芝先生に送ったのは私じゃありません」

「でも、写真を撮ってそれを加工したのはあなたでしょう?」

「その画像を、メッセージといっしょに前田さんに送りました。思ったとおり大ウケでした」

画像とメッセージを送るのには、あるＳＮＳを使ったそうだ。

彼女はさらに話を続けた。

「そうしたら、前田さんが、この画像を先生に送ったら、どういう反応をするかな、と言い出したんです。私も興味がわきました。二人で相談して送ってみようかということになりました。そして、前田さんがその画像を、ＳＮＳのメッセージ機能を使って竹芝先生に送ったのです」

小早川は驚いた。

「前田さんが……」

さきほど話を聞いたときには、そんなことはおくびにも出さなかった。態度にすら出なかった。シラを切り、嘘をついていたということだ。

久世秋恵は、写真を撮影し、それを加工したことはあっさりと認めた。だから、送信者についても嘘を言っているとは思えない。

そのとき、竹芝教授が言った。

「いったい、どんな気持ちでそんなことを……」

「ごく軽い気持ちでした。前田さんも同じだったと思います。でなければ、自分が写っている写真を先生に送ろうとはしなかったはずです」

久世秋恵がそうこたえると、竹芝教授は悲しそうな顔になった。

「私は脅迫されたような気分でした。身に覚えはないのに、証拠写真がある。誰かに罪を着せられたのだと思いました」

小早川は言った。

「実際に、脅迫罪になる恐れがあるのですよ。万が一何かを要求したら恐喝罪にもなり得ます」

久世秋恵は、表情の変化を見せなかった。

「先生を脅すつもりはありませんでした。どんな反応をなさるのか、私も前田さんも、とても興味があったのです」

小早川は、少々厳しい口調で言った。

「興味があるからといって、やっていいことと悪いことがあります。大学生なのですから、それくらいのことはわかるはずです」

「私たちは、竹芝先生に甘えていたのかもしれません」

竹芝が眉間《みけん》にしわを刻《きざ》み、怪訝そうに言う。

「甘えていた……？　あなたがたが、私にですか？」

「ええ。このくらいのことは許してくれる。そう思っていました」

「許すも何も……」

竹芝は戸惑ったように言った。「私は訳がわからなかったのです」

「すいません。前田さんの顔が写っているので、すぐに冗談だとわかってもらえると思っていたんです」

小早川は尋ねた。

「加工した画像を先生に送ろうと言い出したのは前田さんだったのですね」

「はい、そうでした」

だから前田悠里はシラを切ったのだ。罪の意識があったのだろう。

竹芝が言った。

「あなたたちは、いつもこんなことをしているのですか？」

「とんでもない。他の人に、こんないたずらをしたことはありません」

竹芝は小早川に言った。

「やはり私は、学生たちに嫌われているようですね。あるいは、ばかにされているか……」

小早川はかぶりを振った。

「いや、決してそういうことではないでしょう。久世さんや前田さんは、相手が竹芝先生だからこそ画像を送ったのです」

「つまり、私が標的にされたということでしょう？」

「被害者は、どうしてもそう考えてしまいます。でも、私から見れば別のことが考えられます」

「別のこと……？」

「はい。久世さんが言ったとおり、彼女たちは先生に甘えていたのだと思います」

「いや、しかし……」

「つまり、学生たちは先生に親しみを感じているということです」

「そんなはずはないと思います。私はできるだけ個々の学生たちには近づかないようにしていたのです」

「それはわかっていました」

久世秋恵が言った。「先生は、個人的な話はなさらず、ただ講義をされるだけです。でも、私たちにとってはそれでも充分でした」

「充分というのは、どういうことですか？」

「私と前田さんは、先生のゼミで本当によかったと思っているんです。先生の講義を聴いているだけで知的な欲求が満たされ、充足感を味わうことができます。文学がより好きになる気がします。そして、私はこの研究室の雰囲気が好きなのです。この部屋の雰囲気は、そのまま先生の雰囲気だと、私は思います」

竹芝は、ぽかんとした顔で久世のことを見ていた。

小早川は言った。

「最近の若い子は狡知《こうち》に長《た》けていて、取り入るようなことを言って罪を逃れようとする者もいます。でも、私が見る限り、久世さんはそういう学生じゃない。信じていいと思います」

「冗談じゃ済まないことをしてしまった……。後からそう思ったのです。でも先生はきっと許してくれる。そう思っていました」

小早川は久世秋恵に言った。

「そのためには、ちゃんと謝罪をしなければなりません。あなたも、そして前田さんも……」

「彼女は、研究室の外で待っているはずです」

竹芝が驚いた顔で言う。

「研究室の外で……？」

「先生から電話をいただいたことを彼女に知らせたんです。そうしたら、いっしょに行きたいって……。しらばっくれて嘘をついたことを謝りたいって言ってました。でも呼ばれたのは私ですから、外で待つように言いました」

小早川は言った。

「中に入るように言ってください。そして、二人で竹芝先生に謝るのです」

「はい」

久世秋恵は立ち上がり、部屋の外に出て行った。しばらくして、彼女は前田悠里を伴って戻って来た。

二人は竹芝の机の前に並んで立ち、ほぼ同時に頭を下げた。そして、声をそろえた。

「申し訳ありませんでした」

そのまま頭を下げつづけた。

竹芝が言った。

「顔を上げてください」

それでも二人は動かない。竹芝はもう一度言った。

「もういいですから、顔を上げてください」

二人はようやく頭を上げた。神妙な顔をしている。久世秋恵の表情が読みにくかったのは、やはり緊張していたせいだろう。そして、彼女はちゃんと謝らなくてはいけないと腹をくっていたのだ。

やるべきことをやった今は、彼女は力が抜けたように見える。表情もやわらいでいた。

「夜中に二人で、画像やメッセージをやり取りしているうちに、どんどん気持ちがエスカレートしたんです」

前田が言った。「悪いことをしているという自覚がありませんでした。何をしたらウケるか。それしか考えませんでした」

話しながら泣きはじめた。泣きながらさらに言葉を続ける。

「先生に画像を送ってしまったあと、なんというばかなことをしたんだろうと、すごく反省しました」

竹芝は困り果てたような顔で言った。

「泣かなくてもいいから……」

二人がもし、夜中にネット上でやり取りをしていたのでなければ、どこかで思いとどまっていたに違いないと思った。

SNSでのやり取りは、面と向かった会話とは違う。それに気づかない人は多い。やはり、コミュニケーションにおいて重要なのは言葉ではなく、言葉以外の要素なのだ。

そして、画像を一瞬で送れる世の中でなければ、こんなことは起きなかっただろうと、小早川は思った。

プリントして封筒に入れ、宛名を書くという手間を掛けているうちに、自分が何をしているか気づいたはずだ。

クリック一つで写真が送れてしまうから、考える暇がなかったのだ。

たしかに世の中は便利になった。だが、その分危険も増えた。人間は、立ち止まって考えることが必要なのだ。竹芝教授の研究室は、そういった落ち着いた時間を思い出させてくれる。

「本当に反省をしたのなら、それでいいのです」

竹芝が言った。「常習的にこういうことをしているのでなければ、ね」

久世秋恵が、きっぱりと言った。

「こんなことをしたのは初めてですし、もう二度とやるつもりはありません」

「しかし、写真を見たときは本当に驚きましたよ。人間は身に覚えがなくてもうろたえるものですね」

小早川はうなずいた。

「それが冤罪の原因の一つでもあります。やっていないことでも、捜査員に厳しく追及されているうちに、ふと自信がなくなるのです。それで無実なのに罪を認めてしまうこともあるのです」

「やってもいないことを追及してはいけないでしょう」

「そうですね。そのやってはいけないことが、ときに起きるのです」

「この写真を誰かに見られたら、私もやってもいないことで苦しむことになったでしょう」

「そうなれば、二人は名誉毀損ということになります」

前田悠里が涙を拭き、慌てて言った。

「画像は完全に消去しました。パブリックなスペースには絶対に洩れていないので、コピーされることもあり得ません」

久世秋恵も言う。

「私も完全に画像を削除しました。ＳＮＳのサーバーにコピーが残る恐れがありますが、メッセージ自体を消去したので使用されることはまずないでしょう。消せるところは全部消しました」

それを聞いて竹芝が言った。

「では、私が持っている画像を削除すれば安心ということですね？」

久世秋恵がうなずく。

「通常のレベルでは安心していいと思います」

「では、すぐに削除しておきましょう」

小早川も自分のスマホを見て言った。

「私もちゃんと削除しておきます」

「あの……」

前田悠里がおそるおそるという体で尋ねた。「先生は、さぞお怒りでしょうね」

竹芝がこたえた。

「普通なら腹を立てるところですね。だが、なぜかそれほどでもないのですよ。たぶん、あなたがたが、私のゼミの学生だからでしょうね」

小早川は言った。

「学生がばかなことをやったとしても、師弟の絆《きずな》は切れるものではありません」

前田悠里がもう一度頭を下げた。

「本当に、済みませんでした」

「もういいと言ってるでしょう」

竹芝は苦笑した。「ちょっと小早川先生と話がありますから……」

久世秋恵が言った。

「では、私たちはこれで失礼します」

戸口まで行って、前田悠里が振り向いた。

「先生……」

竹芝が聞き返す。

「何でしょう？」

「ゼミの後の飲み会、続けてください」

竹芝はしばらく呆然《ぼうぜん》としていた。やがて彼は言った。

「わかりました」

すると、前田悠里は安心したような顔になり、一礼して部屋を出て行った。

「失礼します」

久世秋恵も礼をして出ていった。

竹芝はしばらく何も言わなかった。何事か考えている様子だった。小早川は言った。

「これで一件落着ですね」

「そうでしょうか……」

竹芝が思案顔のまま言った。小早川は尋ねた。

「……と言いますと？」

「私には、彼女たちが私に画像を送ってきた理由が、まだ釈然としないのです」

「彼女たちが先生に甘えていたということでは、納得できませんか」

「繰り返しますが、私は、学生たちとは距離を置いて付き合うように心がけてきました」

「その姿勢にも、学生たちは好感を持ったのかもしれません」

「それは矛盾していると思います。もし、私のほうから積極的に学生たちに近づいていったら、好感は持たれなかったということでしょう」

小早川はかぶりを振った。

「そういうことは、あくまで程度問題なんです」

「程度問題……」

「そうです。駆け引きといいますか……」

「私には理解できそうにありませんね」

「この中には教科書がたくさんあると思いますよ」

小早川はそう言って、部屋の壁を埋め尽くしている書物を見回した。「そして、これから毎週学生たちと飲み会を開くのでしょう？　実践で学ぶ機会もあるということです」

竹芝はしばらく考えてから言った。

「まあ、いくつになっても勉強、ということですね」

「はい」

「いろいろとお世話になりました。小早川先生がいなければ、問題は解決しなかったと思います」

「うちのゼミ生が優秀だったんですよ。さて、そのゼミのことを考えなくてはなりません。そろそろ失礼することにします」

「本当にありがとうございました」

小早川は竹芝教授の研究室を出て、自分の研究室に戻った。そして、懸案の未解決事件について考えはじめた。

特命捜査対策室の丸山の協力を得れば、ゼミ生たちが事件関係者に直接話を聞くことも可能だろう。次回のゼミでは、さっそくその手筈を整えよう。小早川はそう思った。

15

水曜日の午後二時半に、約束どおり警視庁の丸山が大学を訪ねてきた。彼は一人ではなかった。保科係長がいっしょだったので、小早川は驚いた。

「どうして保科が……」

「小早川さんが、十五年前に起きた未解決事件を解決しようっていうんですからねえ……。これは見学しないわけにはいかないじゃあないですかあ」

相変わらず間延びしたしゃべり方だ。

「だって、保科は第一係で丸山君は第三係じゃなかったか？」

「細かい事は気にしないでくださいよう。同じ特命捜査なんですからあ」

「それにな」

小早川は言った。「私が事件を解決するわけじゃない。ゼミ生たちの演習なんだ」

「でもお、小早川さんが教えている学生さんなんでしょう？　ガッコウや大学の生徒みたいなもんですよねえ」

ガッコウというのは警察学校、大学は警察大学校のことだ。

「普通の大学はね、警察官を養成するのとは訳が違うんだよ。学問的な思索の場なんだ」

「小早川さんはゼミで実際に捜査をしているわけでしょう？」

「あくまでも演習だよ」

小早川は時計を見た。ゼミが始まるまで、時間は限られている。丸山への質問を始めることにした。

「まず基本的なことを確認しておきたい」

小早川が言うと、丸山はかしこまった様子でこたえた。

「はい」

「殺害の時刻は、午後三時から四時の間。被害者は、現場となった一軒家の住人で、結城元、七十九歳とその妻、多美、七十八歳。第一発見者は、被害者の孫の林田由起夫、当時十五歳。通報が五時頃。それに間違いないね」

「間違いありません」

丸山は書類やメモも見ずにこたえた。事件のことがすでに頭に入っているようだ。優秀な捜査員であることがわかる。

「最初に現場に駆けつけた警察官は、当時目黒署の地域課係員だった古市孝彦巡査部長だということだな？」

「はい。当時は巡査だったと思います」

「その古市巡査部長から話を聞けるね？」

「すでに連絡してあります。基本的には承諾してくれています」

「学生たちが訪ねていってもかまわないだろうか」

「それも伝えてあります」

これも警察ＯＢの強みだと、小早川は思った。そして、丸山の気配りにも感謝した。

「第一発見者の林田由起夫にも話を聞きたいが、こちらは一般人だからなかなか難しいだろうな」

「話をしてみましょう」

「済まんが頼む」

「いえ……。自分の捜査でもありますから」

「空き巣狙い目的で侵入した犯人が、在宅していた結城元と鉢合わせし、咄嗟に台所にあった包丁で刺した。その物音を聞いて二階から下りてきた結城の妻の多美をも同じ包丁で殺害した……。これが、当時の捜査本部の見立てだね？」

「はい。状況を精査しましたが、そう考えるのが妥当だと思われます」

「うちのゼミ生が言っていたが、では犯人がまだ捕まっていないのはなぜだろう？」

「は……？　見立てが間違っていたと……」

「それも含めて考え直す必要があるかもしれない。鑑識の詳しい報告を聞きたいが、外部には捜査情報は話せないのだろうな」

「場合によります。発生から十五年も経ち、マスコミもすでに関心を失っていますし、相手が小早川さんなら、お話ししても差し支えないと思います」

「学生たちに守秘義務を課した。彼女らにも伝えてかまわないね？」

「そうですね……。こちらから協力を要請したことでもありますから……」

「侵入者の足跡だが、逃走したときのものはなく、侵入したときのものだけがあったんだね？」

「はい。侵入した際に残されたと思われる、勝手口のほうを向いた靴跡は採取されましたが、その逆向きのものは採取されておりません」

「室内に靴跡は？」

「ありました。結城元さんを刺した直後に血液を踏んだと思われる靴跡が……」

「その靴跡はどこに向かっていた？」

「階段のほうへ……」

「結城さんの奥さんの遺体があるほうへ？」

「そうです」

「指紋は？」

「採取された指紋は、結城さん夫婦と孫の林田由起夫さんのものでした。それと、お隣のご主人の……」

「隣のご主人……？」

「そうです。時折、結城さん宅を訪ねていたらしいです。結城元さんの碁《ご》仲間だったということです」

「なるほど……。犯人のものらしい指紋は見つかっていないのだね？」

「見つかっていません」

「他に遺留品は？」

「ありません」

「なるほど……」

ドアをノックする音が聞こえた。

「はい、どうぞ」

小早川は、学生がやってきたのだと思い、声をかけた。だが、ドアが開いて隙間から顔を覗かせたのは、目黒署の安斎だった。

小早川は言った。

「どうした？」

「いえ。また、ゼミを見学させていただこうと思いまして……」

こいつ、しっかり味をしめたな……。

「仕事はいいのかね」

「だいじょうぶですよ」

安斎は、保科と丸山をちらりと見て言った。「お客さんですか？」

小早川が二人を紹介すると、安斎は安堵したような表情を見せた。同業者だからだろう。

「あ、特命捜査の……」

「ゼミが丸山君の協力をすることになってね……。二人はオブザーバーだ」

「はあ、なるほど……」

特命捜査の二人を見て遠慮するかと思ったが、安斎には引きあげる気はなさそうだ。つまり、オブザーバーが三人になったということだ。

まあ、それはそれでよかろう。

いつものように、麻由美が一番早く研究室にやってきた。次が蘭子だ。そして、蓮、梓、楓の順だ。これも、いつもと同じだ。そして彼女らは定席に着く。

小早川は、彼女らに保科と丸山を紹介した。

「このゼミは、丸山君の捜査に協力することになりました」

それに異存がありそうなゼミ生はいなかった。さっそくゼミを始めた。

「最初に現着した警察官に話が聞けることになりました。丸山君が本人の了承を取ってくれたのです」

梓が質問した。

「私たちもお話をうかがえるのですか？」

「そういうことになっています」

「いつ会いに行けるのですか？」

小早川は、丸山を見た。丸山が即座にこたえた。

「いつでも行けるはずです。今、連絡を取ってみましょうか？」

小早川は驚いた。

「これから行くと言うのか？　相手は大塚署にいるんだろう？」

麻由美が言った。

「話を聞かなけりゃ始まらないいんじゃないですか？」

小早川は麻由美に言った。

「でも、ここから大塚署に出かけるだけで一時間近くかかります。ゼミの時間は三時から四時半まで。つまり、行くだけでゼミがほとんど終わってしまうのです」

「あら、別に延長してもいいでしょう？　どうせいつも飲みに行くんだし……」

麻由美はそう言って、他のゼミ生たちを見回した。梓が言った。

「私も別に問題はないと思う。話を聞くことのほうが重要だし……」

その他のゼミ生も二人に同意している様子だ。小早川はうなずいた。

「わかりました。では、そうすることにしましょう」

丸山がすぐに携帯電話を取り出した。


大塚警察署は、大きな出版社のすぐ近くにある。

丸山が電話すると、古市は会議室を用意して待っていると言ったそうだ。ゼミ生五人、小早川、保科、丸山、そして安斎。合計九名でぞろぞろと移動した。

一行を出迎えた古市は、人数の多さにも驚いた様子を見せなかった。丸山がその旨を伝えていたのだろう。

古市は制服ではなく、背広を着ていた。年齢は三十九歳ということだが、実際よりも若く見える。たしかに総務や警務といった内勤が似合うタイプだ。線が細く、警備部や刑事部には向いていないように見える。だが、折り目正しく事務職においては優秀そうだった。

「十五年前の、目黒署管内の事件だそうですね」

小会議室の四角いテーブルを囲んで、みんなが席に着くと、古市が言った。

小早川がこたえた。

「そう。私は退官後三宿女子大で教鞭を執っていて、彼女らは私のゼミの学生だ。ゼミの演習で未解決事件を取り上げることになり、それで当該の事案について話を聞きに来たわけだ」

「小早川さんのお噂はうかがっております」

麻由美が好奇心に眼を光らせて尋ねた。

「どんな噂ですか？」

「警視庁の伝説です。ご自分が立派な捜査員だっただけでなく、多くの優秀な捜査員を育てられたのです」

「へえ……」

「警察学校の校長だったのだから、あたりまえのことです」

小早川は言った。「そんなことより、さっそく事案のことについて質問しましょう。加藤さん、あなたから始めてください」

梓は突然指名されても慌てた様子を見せなかった。すでに質問を用意しているのだ。

「では、お訊きします。あなたが現場に到着したとき、玄関の鍵は開いていましたか？」

古市は落ち着いた様子でこたえた。

「開いていました」

「林田由起夫さんの通報で駆けつけたのですね？」

「はい、そうです」

「現場にやってきたとき、林田さんはどこにいましたか？」

「玄関の前に立っていました」

「家の中にいたのではないのですね？」

「林田さんは、一度家に上がったのですが、二人の遺体を発見して玄関から外に出て、それからずっと玄関の前で警察の到着を待っていたということでした」

その証言は、梓の推理とほぼ一致していた。ただ、梓は、林田が玄関に入ったところで祖母の遺体を見つけ、そこから一一〇番し、玄関を出て警察を待ったのだろうと推理していた。

玄関で遺体を発見したか、あるいは玄関から上がった後で発見したかは重要ではない。林田由起夫がすぐに玄関から外に出て、さらにずっとその場にいたということが重要なのだった。

小早川は言った。

「これで、西野さんの説は否定されたことになりますね」

つまり、犯人が家の中に潜んでいて、林田が遺体を発見したとき、玄関から逃げたという説だ。小早川はそれを古市に説明した。

古市が言った。

「そうですね。誰かが潜んでいたというのは考えられませんね。現着してからすぐに応援を呼びましたし、家の中に誰かいないか、すぐに確認しましたから……」

楓が言った。

「では、勝手口から逃げたのでしょうね」

麻由美が言う。

「でも、勝手口には侵入したときの靴跡しか残っていなかったんでしょう？　もし、捜査本部で考えていたように、動転して逃げたのだとしたら、必ず靴跡が残っているはずよね」

小早川は、室内に被害者・結城元の血液を踏んだらしい靴跡が残っていたことをゼミ生たちに伝えた。

古市がそれに対して言った。

「覚えています。たしかに、血を踏んだ靴跡が残っていました。それは階段のほうに向かっていました」

蘭子が尋ねた。

「階段のほうへ……。その先は……？」

「見つかっていません」

「どうしてでしょう？　なぜ靴跡は消えたのでしょう？」

古市は首を捻った。

「さあ……。靴底から血がぬぐわれてしまったからかもしれませんね」

「あるいは……」

蘭子が言った。「犯人が靴を脱いだか……」

小早川は思わず、蘭子を見た。

「たしかに、血が付いてしまった靴を脱げば、足跡は残らないわね」

梓が言った。「そして、そのまま逃げれば、勝手口にも足跡は残らない」

麻由美が言った。

「犯人が裸足《はだし》で逃げたって言うの？」

蘭子が言う。

「古市さんがおっしゃるように、靴底の血がぬぐわれてしまったということも考えられます。つまり、スタンプのインクがかすれてくるような状態ですね。でも、それでも血液が付着してたなら、何らかの痕跡が残るはずですね」

「そうですね」

古市がこたえた。「肉眼で血の跡が見えなくても、ルミノール反応は出るでしょうね」

小早川は、丸山に尋ねた。

「鑑識にそのような記録は？」

「いえ、ありません」

蘭子がそれを受けて言った。

「ならば、犯人はその場で靴を脱いだと考えるべきですね」

普段無口な楓が、珍しく指名もされないのに発言した。

「その行動は、私が想定した犯人像と一致すると思う」

蘭子が尋ねる。

「どういうことかしら？」

「最初、私は犯人が家の中に潜んでいるというところを想像した。その行動自体は否定されたものの、その場で靴を脱ぐという行為は、家の中に潜んでいたのと同じようなことを物語っているような気がする」

　蘭子は眉をひそめた。

「それ、どういうこと？」

「現場で犯人が冷静だったってこと」

　警察官たちが顔を見合わせた。楓の言葉はそれだけ意外だったのだ。

「でもそれは、警察が考えた犯人像とは矛盾するんじゃない？」

　麻由美が言った。「留守だと思って侵入した犯人が、在宅していた住人に出くわし、動転してその住人を殺害した……。それって、つまり冷静じゃないってことでしょう？」

「それにね……」

　梓が言う。「犯人が奥さんを刺したというのも、どうも気になる」

　麻由美が梓に尋ねた。

「それ、どういうこと？」

「これ、楓が言っていたと思うけど、もし動転していたのなら、最初の一人を刺した段階で逃げ出しているわよね」

　小早川は古市に尋ねた。

「その点についてはどう思う？」

「さあ。私は捜査本部に参加したわけじゃありませんので……」

「最初に現場を見たのは君だ。何か感じるものがあったのではないか？」

「十五年も前ですから……。細かなことは覚えていませんね」

「捜査本部が立てた筋に、違和感を覚えることはなかったということだね？」

「違和感を抱くも何も……。私は現場に駆けつけ、保存をし、捜査員が来たら野次馬《やじうま》とマスコミの整理ですよ。そして、それきり事件にはタッチしていません。それが地域課の仕事です」

「それはそうだろうが、何か感じるものはあったはずだ」

「きれいな現場だと思いましたね」

小早川はうなずいた。

「争った跡がなかったということだね？」

「……というか、今思うと、犯人の手際がよかったんじゃないかと思います。当時はそんなこと、考えもしませんでしたが……」

なるほど、古市も経験を積んだということか……。

「冷静で手際がよかったとなると……」

梓が言った。「やっぱり当時捜査本部が考えていた犯人像とギャップがあるような気がします」

「そうですね」

小早川は梓にそう言ってから、丸山に尋ねた。「そのへんは、どう考えているんだ？」

「そういうことは考えたこともありませんでした。資料を読み直す限り、そういう発想は出て来ません」

「そうだろうな……。当時の資料には捜査本部の方針が強く反映しているだろうからな」

「しかし、捜査本部が想定した犯人像とギャップがあるとまで言えるかどうか……」

丸山が言う。「居直り強盗というのは、時に残忍なことをするものです」

小早川は言った。

「そう。開き直るということはある」

「これも、楓が指摘したことだったと思うけど……」

梓が言った。「開き直った居直り強盗だとしたら、どうして何も盗らずに逃げたんでしょう。どうも、その点が納得できないのです」

丸山が考え込んで言った。

「捜査本部では、動転していたから何も盗らずに逃げたのだという考えのようでしたね……」

梓が言う。

「でも、二人目を殺害していることや、現場がそれほど荒れていないこと、そして、もしかしたら現場で靴を脱いだかもしれないことなどを考え合わせると、犯人は決して動転していたとは言えないような気がしますよね」

丸山が「うーん」とうなって考え込んだ。

蓮が、遠慮がちに言った。

「あのお……。ちょっといいですか？」

小早川は言った。

「何でも自由に質問してください。そのために来たのですから」

蓮が古市に尋ねた。

「近所の人の反応はどうだったんですか？」

「そうですね……。みんなショックを受けた様子でした。家のすぐ近くで殺人事件が起きたのですからね」

「隣の住人は、物音を聞いていないのですね？」

「さあどうでしょう。聞き込みは、所轄の刑事や機動捜査隊の人たちなんかがやりますから……。先ほども言いましたように、我々の仕事は現場の保存や野次馬の整理なんかですから……」

「地域課ならば、普段のそのあたりの様子をご存じのはずですね」

「ええ、連絡カードの記入をお願いしたり、見回りをしたりしていましたから……」

「何か近所で被害者宅を巡るトラブルはなかったでしょうか？」

「トラブルについては聞いていませんね」

「そうですか……」

「でも……」

「でも？」

「殺害されたご夫婦は、近所では煙たがられていたようですね」

「煙たがられていた……」

「代々結城家は、あのあたりの大地主で、相続税なんかの関係で、土地を切り売りしていった結果、当時住んでいた邸宅だけが残ったということらしいです。そういう場合、いろいろと面倒なことが起こりがちなんです」

　蓮が目をぱちくりさせて尋ねる。

「面倒なことというのは……？」

「土地を買ったほうは、自分の土地だから何をしたってかまわないと思うわけですよね。でも、もともと大地主だった結城さんは、そのあたり一帯が自分のものだったという意識があり、何かと口出しをするわけです。例えばゴミの出し方とか、落ち葉や散った花びらの掃除とか……。実際、まだ道路はほとんど結城家の私道だったりするわけで、土地を買ったほうも文句は言えない。そういう軋轢《あつれき》は、簡単には解消しません」

「そのことを、捜査本部の人たちは把握していたのでしょうか？」

「どうでしょう。ちゃんと聞き込みをすれば把握できたはずですけど……」

「古市さんは、捜査本部の人にそのことを伝えなかったのですね？」

「ええ。捜査本部の人と話す機会は、ほとんどありませんでしたから……」

　小早川は、古市のこたえよりも、蓮がなぜそのような質問をしたかに興味があった。

　これまで誰も、近所の人のことなどに関心を示さなかった。蓮が近所づきあいについて尋ねた理由が知りたかった。

　質問が出尽くしたと感じた小早川は、古市に言った。

「忙しいところを済まなかったね」

「いえ、お役に立てればいいのですが……」

「こういう質問自体が演習になる。助かったよ」

小早川一行は、大塚署をあとにした。

16

「さて、これからどうしますか」

安斎が言った。すでに午後五時過ぎだ。いつものとおり、飲み会を期待しているようだ。

すると、梓が言った。

「古市さんから聞いた事実について話し合う時間が必要だと思うんですけど……」

小早川は言った。

「時間も時間だから、食事をしながら、ということにしようか」

こういう場合、その近くで店を探すほうがずっと手っ取り早いのに、なぜか大学の近くに戻ろうと思ってしまう。

馴染みの土地でないと落ち着かないのだ。結局、蘭子がいつものメキシコ料理店に席を押さえ、そこに向かった。

丸山と保科も同行した。それについて、小早川は別に文句はなかった。彼らもゼミに協力してくれているのだ。

店に着いたのは、午後六時二十分頃で、まだすいている時刻だった。いつもの団体席に収まり、それぞれに飲み物を注文した。

安斎、丸山、保科の三人もビールを注文している。直帰扱いにするつもりだろう。

定番料理を頼んで食べはじめる。

まず話の口火を切ったのは、やはり梓だった。

「これまでの話で、犯人は現場ではかなり冷静だったと考えていいと思う。それについては、楓も指摘していたわよね？」

楓がうなずいた。

「少なくとも、住人がいたことで動転したとは思えない」

「そう考えるとさ」

麻由美が言った。「空き巣狙いのプロが、家に住人がいるのに留守だと思って侵入するなんておかしくない？」

それに対して、丸山が言った。

「いや、居直り強盗は、それほど珍しいことじゃないんです」

蘭子が言った。

「居直り強盗が、何も盗らずに逃走することも珍しくないのですか？」

「いやあ、たいていは盗みを働いている最中に住人に出くわすので、盗品を持っていることが多いですね。盗む前に住人と鉢合わせしたら、殺したりせずに逃げるでしょう」

蘭子が考え込んだ。

「つまり、この事件の犯人は特殊だということですね」

「特殊というか、まあ、パターンから外れているかもしれません」

トルティーヤを頬張っていた麻由美が、それを聞いて言った。

「単純な居直り強盗なら、とっくに捕まっているはずよね。まだ捕まっていないという事実が、犯人は特殊だったということを物語っているんじゃないの？」

安斎が興味津々という表情で言った。

「どういうふうに特殊なんでしょう」

それにこたえたのは、意外にも引っ込み思案の蓮だった。

「ええと……。居直り強盗だと思うから特殊だということになるんじゃないでしょうか。最初から居直り強盗なんかじゃないと考えたら、こたえが見つかるかもしれません」

丸山が眉をひそめた。

「居直り強盗じゃない？　捜査本部の見解を否定するわけですか？」

この言葉に、蓮はしゅんとなって言った。

「いえ、否定するとかじゃなくて……」

彼女の言葉は尻つぼみになり、消えていった。代わりに麻由美が言った。

「居直り強盗だと考えて捜査して、犯人を捕まえられなかったんでしょう？　ならば、それが間違っていたんじゃない？」

丸山は驚いた顔で麻由美を見つめた。

「居直り強盗じゃないとしたら、いったいどういう犯人だったというのですか……」

梓が言った。

「私たちのゼミは、これまで問題を解決することで、いろいろなことを学びました。犯人は外部にではなく、内部にいることが多いという教訓もその一つです」

「内部に……」

「そうです。バレーボールシューズが盗まれるという事件があったのですが、犯人は同じバレーボール愛好会の会員でした」

「そうでした」

小早川は言った。「みなさんにちゃんと報告していませんでしたが、竹芝先生に合成画像を送ったのは、ゼミの学生でした」

それを受けて梓が言った。

「やはり犯人は内部にいたということですね」

丸山が尋ねる。

「では、目黒の事件も犯人は内部というか、被害者の身近にいたということですか？」

梓はその問いにこたえる代わりに、小早川に尋ねた。

「第一発見者を疑えという原則があるのですよね？　被害者のお孫さんにお話を聞けませんか？」

「どうだろう」

小早川は、丸山に尋ねた。「林田由起夫さんに話を聞くことは可能だろうか」

「もちろん。殺人の捜査ですから……」

「警察が話を聞きに行くわけじゃない。ゼミの学生が行くんだ」

「事情を説明しましょう。いつがいいですか？」

「ゼミは来週の水曜だが……」

梓が言った。

「できるだけ早いほうがいいと思います。先週は、木曜日に臨時のゼミを開いていただきました。今週も同じく、明日臨時のゼミを開いていただけないでしょうか」

小早川は言った。

「私はかまわないが……」

安斎が言う。

「僕もかまいません」

「君は関係ないだろう」

「あ、いえ、オブザーバーとしてお役に立てれば、と思いまして……」

丸山が負けじと言った。

「あ、自分もぜひ見学をさせていただきたいと……」

「じゃあ、私もお」

「保科は、本当に関係ないじゃないか」

「いやあ。特命捜査のショムタンですからあ、何かと役に立ちますよお」

ショムタンというのは、庶務担当の略だ。各課の筆頭係が担当することが多い。

「まあいい」

小早川は、丸山に言った。「じゃあ、段取りをして、明日連絡をくれ」

「わかりました」

「戸田さん」

小早川が呼びかけると、蓮は驚いたように顔を上げた。

「はい」

「ちょっと気になったことがあるんです。うかがってよろしいですか?」

「何でしょう……」

「あなたは、古市君に、近所の人の反応はどうだったかと質問しましたね」

「はい」

「それは、なぜですか?」

「ええと……」

彼女は、遠慮がちにゼミ生や警察官たちを見回した。「近所で殺人事件なんかが起きたら、みんなどんな反応を示すのかな、と思いまして……」

「それだけですか?」

蓮は、ごく短い間考え込んでから言った。

「実は、なんか不自然だなって思ったんです」

「不自然……」

「……というか、え、そういうもんなのかなあって……」

「だからあ」

麻由美が言った。「何がなの?」

「殺人事件が起きたんでしょう? それも二人も殺されているのよね? それなのに、隣の人とか、異変に気づかなかったのかなって……」

小早川は丸山に確認した。

「何かに気づいたという証言はなかったのだな?」

「記録を見る限り、ありません」

「だから……」

蓮はなぜか、申し訳なさそうに言った。「実際にはそんなもんなのかなって思ったんです。隣で何が起きても、案外気づかないものですよね」

丸山がうなずいた。

「そうですね。何か事件が起きても、隣近所の人が何も気がつかなかったと証言する例は珍しくないですね」

「本当に何も気づかなかったのかしら」

麻由美がビールを一口飲んだ。「関わり合いになりたくないので、何も知らないと言うことだってあるでしょう」

小早川は言った。

「たしかに、そういうこともあるようですね」

「でも」

丸山が言った。「現場は、マンションなどの共同住宅じゃなくて、一戸建てでした。しかも、庭もあってかなり敷地が広い。隣でも物音は聞こえなかった可能性は充分にあります」

蓮が小さな声で言った。

「そうですよね……」

小早川は言った。

「しかし、逆に一戸建てが並ぶ住宅街では、共同住宅などよりも、近所の異変に気づきやすいという傾向がある」

「はあ……」

丸山は、曖昧な返事をした。「たしかに、そういう面もありますが……」

「私は、戸田さんの指摘を記憶に留めておくべきだと思う」

「そうですね」

安斎が言った。「現場は、古い住宅街で、住民たちの結びつきが比較的強い地域ですね。十五年前なら、さらに関係性は強かったと思います」

「わかりました」

丸山が言った。「おっしゃるとおり、どうして近所の住民が異変に気づかなかったのか、という疑問点を覚えておきます」

小早川は、うなずいて言った。

「犯人像といい、近所の情報といい、捜査本部の見立てとは違った印象があるように思えるな」

「どうでしょう……」

丸山は慎重だった。「それほど大きな矛盾があるとは思えませんが……」

おそらく丸山は、先輩たちが残した捜査資料をないがしろにしたくないと考えているのだろう。

それは正しい態度だ。だが、捜査資料を重視するあまり、ゼミ生たちの意見を無視するようなことがあってはいけない。

小早川は、それを諭しておくことにした。

「彼女たちの意見に耳を傾けないのなら、私のゼミを見学してもらう意味はない。たしかに、捜査資料を作ったのはプロで、ゼミの学生は素人だ。だが、彼女らの意見は貴重だと、私は思う」

とたんに丸山は、背筋を伸ばした。一気に酔いが覚めたような顔をしている。

「いえ、意見に耳を傾けないなど、とんでもない。おっしゃるとおり、貴重なご意見だと思い、うかがっております」

「ならば、先入観なしに事件を見直して、犯人像について考えてみるといい」

「はい。そうしてみます」

決して丸山に悪気があったわけではない。それはわかっているので、これ以上の小言は必要ないと、小早川は思った。

「やあ。さすがに、小早川さんだなあ」

保科が言った。「指示が的確で、きびきびしてますねえ」

「上司でもないのに、余計なことを言ってしまったようだ」

「いやあ、小早川さんは、大先輩ですからあ、何を言っていただいてもけっこうなんですよお」

そんなことを言われて調子に乗ってはいけないと、小早川は自分を戒めた。私はもう警察官ではないのだ。

そして、ゼミの演習であるからには、ゼミ生たちに考えさせ、発言させなければならない。そのためには、自分はなるべく口を出すべきではない。

小早川はそう思っていた。

翌日の午前中に丸山から電話があった。林田由起夫から話が聞けることになったということだった。

「それは、私やゼミ生が話を聞けるということだね？」

「ええ。もちろん、そうです」

「それで、いつどこにうかがえばいいのだろう？」

「仕事場に来てくれということです。時間は午後六時ですが、だいじょうぶでしょうか？」

「仕事場というのは？」

「初台《はつだい》で学習塾の講師をやっているということです。その塾に来てほしいと……」

「初台に六時ならだいじょうぶだろう」

「では、初台の駅で六時十分前に待ち合わせをしましょう」

「わかった。いろいろと済まんな」

「いえ、こちらこそ……。では……」

電話が切れた。小早川はすぐに梓に電話をした。ゼミ生たちが午後六時十分前に初台駅に集合できるかどうか尋ねてみた。

いったん電話を切って、折り返し結果を知らせてくれるということだった。

返事は十分後に来た。全員大学から出発するという。ならば、研究室に集合して、いっしょにでかけようと言った。梓は、それでいいと言った。

「では、五時十五分に研究室で」

「わかりました。みんなにそう伝えます」


予定通り、午後五時五十分頃、初台の駅に着いた。丸山が改札口で待っていてくれた。

「塾は、ここから歩いて五分くらいのところです」

丸山の先導で、一行はすぐに目的地に到着した。雑居ビルの中にある小さな学習塾のようだ。入ってみると、外観よりも広く感じた。けっこう立派な教室がある。それも一つではなさそうだった。

丸山が受付で来意を告げると、すぐに若い男がやってきて名乗った。

「林田です。どうぞこちらへ……」

会議室のような部屋に案内された。ホワイトボードがあり、ちょうど小早川の研究室にあるくらいの大きさのテーブルがある。

ただ研究室のテーブルは楕円形だが、こちらは長方形だった。その周囲にパイプ椅子が置かれている。

「どうぞ、おかけください」

林田が、ホワイトボードの前に立って言った。まるで授業のようだと、小早川は思った。おそらくそういう恰好が、林田の習慣になっているのだろう。

林田のすぐそばに、丸山が腰かけた。小早川は一番奥、つまり林田の正面だった。

おもしろいことに、ゼミ生たちは研究室の定席と同じ並びで席に着いた。ただし、いつも蘭子が座る六時の位置に林田がいるので、彼女らの位置はそれぞれ少しずつずれていた。

小早川は林田に言った。

「ご迷惑を承知でおしかけました。ご容赦ください」

「いえ……。迷惑なんてとんでもない」

林田が言う。「未解決のまま事件が風化していくようで、とても残念に思っていたのです。どのような形であれ、関心を持って取り上げていただくのは、ありがたいことです」

「そう言っていただくとほっとします。学生たちが質問をしますが、それにこたえていただけますね？」

「もちろん。何でも訊いてください」

林田は、事件当時十五歳だった。だから今は三十歳になるはずだ。今どきの三十歳は、ずいぶんと頼りないものだが、林田はしっかりしていた。

生徒を指導する立場にあるからだろう。やはり、経験や立場が人を作るのだ。

小早川は学生たちに言った。

「では、さっそく質問を始めさせていただきましょう。さて、誰からいきますか？」

蘭子が言った。

「では、私から……」

小早川はうなずいた。

蘭子が林田に尋ねた。

「学校が終わって、結城さんのお宅を訪ねたとき、遺体を発見されたのですね？」

林田は落ち着いた態度でこたえた。

「そうです。玄関を開けたとき、異臭がしました。それで、すぐに異変に気づきました」

濃密な血の臭いがしたことだろう。さらに、突然に死を迎えた人間は糞尿《ふんにょう》を洩らす。その臭気もあったに違いない。

「まず、どちらの遺体に気づきましたか？」

「祖母です。玄関から入るとすぐ左手に階段があるのですが、その階段の下で倒れていました。目を見開いていて動かないし、血まみれだったので、すぐに死んでいると思いました」

「それから、どうされました？」

「玄関から上がって、台所に行きました。そこで祖父の遺体を見つけ、そのまま玄関に戻り、外に出て一一〇番をしました。そして、警察の人が来るまで玄関のドアの前で待っていました」

この証言は、古市の話と一致していた。

「二人の遺体を確認されたのですね？」

「確認というか……。見てびっくりして、すぐに外に出ました」

「一度家の中に上がり、すぐに外に出たというわけですね？」

「そうです」

「犯人らしい人物は見ておられないのですね？」

「見ていません」

「心当たりは？」

「ありません」

心当たりがあれば、捜査本部の刑事が調べているはずだ。そして、それは記録に残される。

蘭子は、他のゼミ生たちを見た。自分の質問はひとまず終わったということだろう。

さて、次は誰だろう。小早川は、ゼミ生たちの顔を見回した。

「いいですか?」

梓が言った。小早川はうなずいた。梓が質問を始めた。

「結城さん宅を訪ねてすぐに異変に気づいたということですね」

林田由起夫がうなずく。

「そうです」

「それから通報されるまで、どれくらいの時間がありましたか?」

「さあ……。あの時はびっくりして茫然自失といった状態でしたし、あれからずいぶん経っていますから記憶もあまり鮮明ではありません。でも、五分も経っていなかったと思いますよ」

「通報の時刻が、午後五時頃ということですから、結城さん宅をお訪ねになったのは、そのちょっと前ということですね?」

「はい。五時少し前だったと思います」

「そのとき、外は暗かったですか?」

「いや、まだ明るかったと思います」

「天気を覚えていらっしゃいますか?」

「ええ。晴れていました」

「結城さん宅をお訪ねになったとき、お一人でしたか?」

「……と言いますと……？」

「お友達か誰か、ご一緒じゃなかったですか？」

「いいえ。私一人でした」

蘭子や梓が質問をする間、小早川は林田を観察していた。長年警察で培った観察眼はまだ衰えてはいない。被尋問者が嘘をついているかどうかは、ほぼ間違いなくわかる。

今のところ、林田は嘘をついたり隠し事をしたりはしていない。小早川はそう判断していた。

梓の質問が続いた。

「警察官が到着した後、あなたはどうされましたか？」

「中で祖母と祖父が死んでいることを告げて、いっしょに家の中に入りました」

すると、麻由美が驚いたように言った。

「また家の中に入ったんですか？　外で待ってないで……」

「ええ。そのときは、警察の人といっしょに行かなければいけないような気がしていたんです。でも、後悔しました。血まみれの祖母と祖父を、また見ることになりましたからね」

「ふうん……」

麻由美は、まったく感情移入した様子もなく言った。「その後、たいへんだったでしょうね」

「しばらく忘れられませんでしたね。夢にもその場面が何度か出てきました。いや、今でも忘れたわけではありません。あの現場のことははっきり覚えています」

ただ覚えているだけではない。衝撃的な光景がより強調されて記憶に残っているはずだ。

記憶というのは選択的なものだ。長年にわたる聞き込みの経験で、小早川はそのことをよく知っていた。

つまり記憶は正確なものとは限らないということだ。

人は思い込みで、記憶を改竄《かいざん》する。小さい頃に優しくしてもらった人を、何かの理由で他の人と入れ替えてしまう、というようなことがわりと頻繁《ひんぱん》に起きるのだ。

法律は証言に頼ることが多いが、人の証言は百パーセント正しいというわけではないことを含んでおかなければならない。だからこそ、物証や科学捜査が重要なのだ。

「あの……」

蓮がひかえめに尋ねた。「PTSDとかになったんですか？」

「ええ、事件直後ではなく、葬式も終わってしばらくして、突然事件の夢を見たり、眠れなくなったりしたんです。両親が心配して医者に連れていきました」

「カウンセリングとか、受けられたのですか？」

「そのときは、薬をもらいましたね。やがて、高校に入って環境が変わったせいでしょうか、次第に夢を見ることもなくなり、心の整理もついてきました」

「薬……。エチゾラムとか、クロチアゼパムでしょうか……」

「お詳しいですね。クロチアゼパムだったと思います」

小早川は蓮に尋ねた。

「どういう薬ですか？」

「抗不安薬です。不眠の場合にも処方されることがあります。比較的効き目が短期の薬です」

「なるほど……」

楓が質問した。

「あなたが、通報されたときは、まだ外が明るかったというのは、間違いないですね？」

「間違いないです。暗くなってはいませんでした」

それについては、かつて話し合ったことがある。事件当日の日の入りの時刻は、午後四時四十六分だった。日の入りの十四分後は、まだ明るいはずだ。それは、林田の記憶と一致している。

それきり、楓は何も言わない。小早川は彼女に尋ねた。

「質問はそれだけですか？」

「はい」

楓は、表情を変えずにそうこたえた。

「じゃあ、私が質問する」

麻由美が言った。「今、被害者の二人が住んでいた家はどうなっているの？」

「更地にして売りました。今はアパートが建っています」

「所有者は？」

「不動産業者です」

「おじいさんとおばあさんが殺害された後、その土地と家屋を相続したのはどなた？」

「うちの母ですね。一人娘だったので……」

「その他の相続人は？」

「配偶者もいっしょに亡くなったわけですし、すでに祖父の兄弟は亡くなっていましたから、相続人は母だけでしたね」

「じゃあお母様が、更地にした土地を売ったということ？」

「ええ、そういうことです」

「突然、とんでもない財産が手に入ったということですね」

「はい。でも、いずれは母のものになるはずでしたので……」

「じゃあ、相続に関する揉め事はなかったと考えていいのですね？」

「ありませんでした。母は、相続税や固定資産税のことを考えるとたまらず、土地を手放してしまいました。母が育った家でもあったのですけれど、あんなことがあったわけですし……」

「よく土地が売れましたね……」

「ずいぶんと買い叩かれたようです。まあ、私は詳しいことは知りません」

日本の税制では、三代を経れば財産がなくなると言われている。それでも政府はさらに相続税を増やそうとしているらしい。

まあ、小早川にはそれほど縁のない話だ。妻もいなければ子供もいない。

「今、林田さんはどちらにお住まいなんですか？」

「この近くのアパートで一人暮らしです」

「事件当時は、どちらにお住まいだったんです？」

「両親といっしょに、自由《じゆう》が丘《おか》のマンションに住んでいました」

「おじいさんの家をよく訪ねてたんですか？」

「行くとお小遣いがもらえるので、けっこう頻繁に行ってましたね」

「おじいさんやおばあさんは、ご近所の方々とはどうでした？」

「どう、というと……？」

「仲よくやっていたのかしら？　トラブルはありませんでしたか？」

「さあ、どうでしょう……。当時私はまだ中学生だったし……。私にとってはやさしい祖父や祖母だったので、近所の人とトラブルを起こすなんてことは考えたこともありませんでしたね」

「大人になってから、そういう話をお聞きになったことは……？」

「事件以来、祖父の家に近づくことはなかったので、わかりませんね」

「そうですか……」

麻由美はそうつぶやくと、それ以上何も言わなかった。

全員、質問を終えたようだ。

小早川は、丸山に尋ねた。

「君も何かうかがっておくかね？」

「いいえ。今日のところは特に……」

「では、失礼するとしよう」

小早川は林田に言った。「我々の演習にご理解とご協力をいただき、本当にありがとうございました」

「いえ……」

林田が言った。「これがきっかけで、事件が解決するといいのですが……」

丸山たちは仕事があると言うので、初台駅で別れた。小早川一行はその日も前日と同様に、三宿交差点近くにあるメキシコ料理のレストランに行った。どうやら、この店はすっかり彼女らの行きつけになっているようだ。

小早川と蘭子、梓がコロナを、蓮と楓がソルを頼んだ。この店ではメキシコ風に、ビールをグラスに注ぎ、ライムと塩を入れて飲む。コロナやソルを瓶《びん》のままラッパ飲みするのはアメリカ風なのだそうだ。

麻由美だけがビールではなく、テキーラとパイナップルジュースのカクテルを注文した。

メインはタコスだ。この店のタコスの皮は柔らかく、とても食べやすい。

乾杯が終わると、小早川は梓に尋ねた。

「ご希望どおり林田さんに話を聞けたわけだが、感想はいかがですか？」

「そうですね。第一発見者を疑え、なんて、失礼なことを言っちゃったと思っています」

「つまり、林田さんは容疑者リストから外してもいいとお考えなのですね？」

「彼を疑う合理的な理由がないように思います」

それを聞いて、蘭子が言った。

「あら、林田さんを容疑者ではないとする合理的な理由もないと思うわ」

梓が蘭子に言った。

「でも、話を聞く限りは怪しい点はなかったと思う。捜査本部でも彼を疑いはしなかったわけでしょう？」

「そうね。彼は容疑者ではなかった」

麻由美がカクテルを一口味わってから言う。

「私も、別に彼は怪しくないと思う。質問に対するこたえも、事実とは矛盾していなかったと思うし……」

蓮がひかえめに言う。

「私もそう思う」

梓が楓に尋ねる。

「あなた、どう思うの？」

「重要なのは、質問に対するこたえの内容よりも、こたえるときの態度だと思う」

「それで……？」

「私も林田さんは容疑者ではないと思う」

楓の言葉を受けて、小早川は言った。

「西野さんが言うとおり、尋問や職務質問などのときに必要なのは、相手の態度に注目するということです。前にも説明したことがありますが、人間のコミュニケーションの多くは、言語以外の要素によって行われるのです。犯罪者は、嘘をついたり隠し事をしたりします。それは必ず、態度や口調、声の調子などに表れます。それを見逃さないことです」

蘭子が尋ねた。

「先生は、林田さんをご覧になって、どう感じましたか？」

「私も、皆さんと同じで、彼は容疑者ではないと思います」

「なんだ……」

麻由美が言う。「じゃあ、彼に会いに行ったのは無駄だったってこと？」

「そうではありません。会ってみたからこそ、彼を疑う必要はないということがわかったんです。それを確認することも、立派な捜査なんです」

「でも……」

麻由美が言った。「彼が容疑者じゃないということは、私たちの捜査は振り出しに戻ったということですよね？　容疑者が一人も見つかっていない」

「そうね」

梓が言う。「継続捜査って難しいんですね。これから被疑者を見つけて行くなんて、雲をつかむような話ですね」

「そうでしょうか」

小早川は言った。

ゼミ生全員が、手を止めて小早川を見た。

梓が小早川に尋ねる。

「そうでしょうかって、どういうことです？」

「決して雲をつかむような話ではないと思います」

「でも、犯人の目星もついていないんです。しかも、事件が起きてから十五年も経っています。すでに、皆さんはどこか遠くに逃げてしまっているのではないでしょうか」

「すでに犯人はかなりいいところまで来ていると思いますよ」

蓮が目を丸くして言った。

「先生には犯人が誰かおわかりだということですか？」

小早川はそれにはこたえずに言った。

「さて、さらに事件関係者への質問が必要だと思いますが、次は誰にしましょう」

しばらく誰も何も言わなかった。小早川は誰かが何かを言うのを待つことにした。

やがて、楓が言った。

「隣人に話を聞く必要があると思います」

小早川はうなずいた。

「では、それを丸山君に伝えておきましょう」

17

翌日の金曜日、小早川は三・四時限の『捜査とマスコミ』の講義の前に、丸山に電話をして、楓の要望について伝えた。

「被害者の隣人たちに話を聞きたいということですね」

「可能かね?」

「警察が話を聞くと言えば、嫌とは言わないでしょうが、学生さんたちが訪ねていくとなると、先方の意向を訊いてみないとわかりませんね」

「なんとか頼むよ」

「わかりました。お願いしてみます」

電話を切ると小早川は、教室に向かった。二年生が対象の講座だ。今のところ、あまり手ごたえは感じられない。

だが、この学生たちの中から未来の小早川ゼミ生が生まれるに違いないと思うと、それなりにやり甲斐を覚える。

何事もなく講義を終え、昼食を済ませて研究室にいると、丸山から電話があった。

「被害者宅の両隣の住民に話をしました。どちらも質問に応じてくれるということです」

「学生たちが訪ねていってていいのだね？」

「はい。だいじょうぶです。日時を決めていませんが、どうしますか？」

「来週のゼミの時間がいい。水曜日の三時だ」

「三十分ほどでいいですね？」

「だいじょうぶだと思う」

「ではそのように設定します。被害者宅の正面玄関に向かって、右側のお宅に住んでいるのが、島村《しまむら》さん、左隣が成瀬《なるせ》さんです」

「事件当時、捜査員たちが話を聞いているはずだな」

「ええ。当時、右隣の島村さんはご夫婦と娘さんの三人暮らしですが、全員お留守でした。一家でイタリアンレストランを経営されていて、ご夫婦と娘さんの三人ともお店のほうにおいででした。それは確認されています。被害者とトラブルもなかったようです」

「成瀬さんのほうは？」

「奥さんを早くに亡くされて、お一人で暮らしておいででした。最近は、息子さんご夫婦と同居されているようですが……」

「事件の後、息子さん夫婦が家にやってきたということか？」

「そうですね。五年ほど前から同居されているようです」

「わかった。では、最初に島村さんに話を聞けるように段取りをしてくれ。成瀬さんが後だ」

「了解しました」

「よろしくな」

小早川は電話を切った。


翌週の水曜日、午後二時半。研究室に集合したゼミの仲間とともに、小早川は十五年前の殺人現場に向かった。

林田の話だと、その家はすでに取り壊されてアパートになっているという。十五年経てば町の景色も変わる。

「あそこですね」

梓が指さした。その先に丸山の姿があった。たしかにその建物は集合住宅のようだった。道路に面して、ドアが三つ並んでいる。建物の脇に階段があり、二階にも同数のドアがあった。

蘭子が言った。

「六世帯のアパートのようですね」

小早川は言った。

「まず右隣の島村さんに話を聞くことになっている」

近づいていくと、丸山が言った。

「やあどうも。時間どおりですね」

小早川は時計を見た。約束の三時だった。

「さっそく島村さんにお話をうかがおう」

アパートの右隣に一軒家があり、そこが島村の自宅だった。古い表札がかかっている。おそらく事件当時と同じ家屋だ。

丸山がインターホンのボタンを押すとすぐに返事があった。六十代半ばと思しき男性が玄関ドアから顔を出し、すぐに一行を家の中に招き入れてくれた。

「仕込みの時間なんで、みんな店のほうに行ってましてね、話をするのは俺一人なんだけど……」

そう言う男に、小早川は自己紹介をしてから尋ねた。

「島村さんでいらっしゃいますね？」

「そう。島村洋太郎《ようたろう》」

「奥さんと娘さんと三人暮らしですね？」

「いや、娘婿《むすめむこ》を入れて四人だね」

事件から十五年も経っている。子供が結婚していて当然だと、小早川は思った。一人娘なので、婿養子を取ったということのようだ。

部屋の中はお世辞にも片づいているとは言えなかった。店が忙しく、家の中の片づけもままならないということだろうか。島村洋太郎は、リビングの出入り口付近で立っているゼミ生たちに言った。

「あ、適当なところに座ってくださいね」

それに対して、小早川は言った。

「いえ、すぐにおいとましますので、このままでけっこうです」

「俺は座らせてもらいますよ。膝があまり調子よくないんでね」

「どうぞ」

小早川は島村にうなずきかけてから、楓に言った。「さあ、さっそくお話をうかがおう」

楓が島村に言った。

「事件が起きたとき、この家には誰もいらっしゃらなかったんですね?」

「店のほうにいましたね。事件が起きたのは午後三時頃でしたよね。ランチが終わって店でみんな一息ついている頃ですね。そろそろ夜の仕込みを始めようかという時間です」

「みんなというのは、ご家族ですか?」

「そう。当時は家族だけで店を回していましたからね。今は、一人雇っていますが」

「この家に誰もいらっしゃらなかったというのは、確かなんですね?」

「間違いないですね。ずっと店で働いていてニュースも見ていなかったんで、帰ってきてなんか変な雰囲気だなと思ったんですよ。話を聞いてびっくりして……」

丸山が言った。

「島村さんのご家族は全員お店のほうにいらしたことは、捜査本部で確認済みです」

「そう。酒屋が来たし、隣の店の人も顔を出したし……」

「殺害されたお隣のお二人についてうかがいたいのですが……。ご夫婦の近所の評判はいかがでしたか?」

「それがさ、けっこうたいへんだったんだよね」

「たいへん……」

「先祖代々このへんの地主だってこともあってさ、なにかと口出しするんだよね。それでけっこう煙たがられていてね……。それに、無慈悲だったしね」

「無慈悲……」

「例えば、金を貸すじゃない。そうすると、容赦なく取り立てるんだよ」

「そういうトラブルがあったということですか？」

「噂だけどね。うちは金借りたことないから、実際のところはよくわからなかったけど……」

楓はうなずいて言った。

「わかりました。ありがとうございました」

「え、もういいの？」

「はい」

小早川は他のゼミ生に「何か質問はないか」と尋ねた。発言する者はいなかった。

「どうも、お忙しいところ、ご協力ありがとうございました」

「別に忙しくはないけど……。もう店に行っていいんだね？」

「ええ、けっこうです。我々はおいとまします」

「はあ……」

島村は肩すかしを食らったような顔をしている。彼の家を出ると、丸山も戸惑った表情で言った。

「あれでよかったんですか？」

「ゼミ生たちは満足したようだね。では、もう一軒のお隣さんに行こうか」

「はい。約束よりちょっと早いですが……」

「では、現場の様子を見てみよう」

「はい。当時は、ここが正面玄関でした」

丸山はアパートに向かって右側の端を指さした。島村の家に近い側だ。

「……そして、勝手口がこちらの側です」

今度は左側の端を指さす。「当時、ここに通路があって、その奥が勝手口でした」

その通路は左隣の成瀬家との間にあったはずだ。今は通路はなく、二つの家屋に挟まれた隙間になっている。

小早川とゼミ生たちは、アパートの周囲を見て回った。裏側にも細い路地があり、島村家と成瀬家の勝手口がそちらの路地に面していた。

一回りすると、成瀬家を訪ねる頃合いの時間になった。

島村家のときと同様に、丸山がインターホンのボタンを押す。すぐにドアが開き、白髪の老人が笑顔で一行を出迎えた。

「やあ、いらっしゃい。お待ちしていましたよ」

小早川たちはリビングルームに案内された。五人がゆったりと座れる応接セットと、椅子が三脚用意してあった。

「まあ、お座りください。今お茶をいれます」

老人が言う。小早川は言った。

「いえ、すぐにおいとましますので、おかまいなく。本当にお茶などはけっこうですので……」

「そうですか……」

白髪の老人は、一人がけのソファに腰を下ろした。小早川もソファに座る。丸山と蓮、楓の三人が椅子に腰かけた。梓、蘭子、麻由美の三人はソファだ。

「まだ、隣の事件は未解決なんですね……」

老人がしみじみと言った。

小早川は尋ねた。

「失礼ですが、ご主人ですね？」

「もう隠居の身でね。主人は息子になると思うが……。成瀬元治《げんじ》です」

「では、学生たちが質問しますが、よろしいですね？」

「ええ、もちろん」

小早川は楓を見た。彼女が言った。

「事件当時はおいくつでしたか？」

「六十一歳でしたね。今七十六歳ですから……」

「事件が起きたときに、どちらにいらっしゃいましたか？」

「ここにいましたよ。会社を経営していましたが、五十五歳で手放して、リタイアしていましたからね」

「悠々自適というわけですか」

「まあ、そうですね」

「物音には気づかなかったのですね？」

「当時警察にもこたえましたけどね。何も聞こえなかったし、何も見ていません。事件に気づいたのはパトカーやら警察官やらがやってきてからでした」

楓はじっと成瀬元治を見つめていた。それは明らかに武道家の眼だった。

成瀬は楓から眼をそらし、梓を見た。梓は、サイドボードを見ている。その上に、硝子《ガラス》ケースに入った城の模型があった。

成瀬は言った。

「あれが気になりますか？　老人の手《て》慰《なぐさ》みでしてね。城のプラモデルですよ」

「犬山《いぬやま》城ですね」

「ほう……。わかりますか」

「なるほど、江戸期に、成瀬正成《まさなり》が尾張《おわり》藩の御附《おつけ》家老《がろう》として犬山城を拝領したことがありましたね。成瀬さんのご先祖ですか？」

「いやいや……。たまたま名前が同じというだけだ。でも、親近感が湧きましてね……。お気に入りの城なんです」

「そうでしょうね。国宝五城の一つですし……」

「詳しいですね」

成瀬は嬉しそうに言った。「では、国宝五城を全部言えたら、いいことを教えてあげましょう」

「簡単なことです。犬山城に松本《まつもと》城、彦根《ひこね》城、姫路城、そして松江《まつえ》城です」

「これは驚いた」

「それで、いいことって、何ですか？」

成瀬はとたんに声を落として、秘密めいた雰囲気を醸し出した。

「これは、事件当時警察にも言わなかったことなんだけどね。殺された結城夫婦の孫のことだ」

「林田さんですね？」

「そう。たしかそんな名前だ」

「彼がどうかしましたか？」

「おじいさんやおばあさんの惨殺死体を発見したということで、当時ずいぶん同情的な報道があったが、実はあれはそんなタマじゃなかったんだよ」

「どういうことです？」

「当時は札付きの不良でね。結城さんのところにも、金をせびりに来ていたんだ」

丸山が驚いた顔で成瀬に言った。

「どうしてそれを、警察に言わなかったんですか？」

「言わなきゃならん義理はないし、余計なことを言って遺族と揉めるのも嫌だしね」

「あの……」

そのとき、蓮が言った。「あれ、どなたのお薬ですか？」

城のプラモデルが納められている硝子ケースの脇に薬のＰＴＰ包装が見えている。

「ああ……。私のですが……」

「そうですか」

蓮はそれきり何も言わない。彼女がどうして突然そんな質問をしたのか、小早川は気になっていた。

小早川は蘭子に尋ねた。

「何か質問はありますか？」

蘭子はかぶりを振って言った。

「いいえ、ありません」

さらに麻由美に尋ねる。

「瀬戸さんは？」

すると、麻由美は成瀬に尋ねた。

「殺された結城さんって、口うるさくて付き合いにくい人だったようですね。お隣で、たいへんだったんじゃないですか？」

「まあ、そうでもありませんよ。うまくやっていました」

「結城さんと誰か近所の人がトラブルになったとかって話、聞いたことありましたか？」

「いや、特にそういう話は聞いたことがないね」

「そうですか」

麻由美は小早川に言った。「質問は以上です」

小早川は、成瀬に言った。

「ゼミの演習にご協力いただき、ありがとうございました」

「昔の事件を調べ直すなんて、物好きですね」

「実際の捜査感覚を経験してもらうのが、ゼミの目的です。ですから、すでに解決している事件だと意味がありません。かといって、起きたばかりの事件だと、実際の捜査の邪魔になるので、手が出せません。継続捜査の事案が最適なんです」

「なるほどねえ……。まあ、がんばってください」

「では、失礼します」

小早川一行は、成瀬宅をあとにした。

時計を見ると、午後四時になろうとしている。

梓が言った。

「ちょうど今頃の時間に、ここで事件が起きたんですね……」

麻由美が言う。

「季節が違うけどね」

事件が起きたのは十一月。今は五月の終わりだから、当然日の長さが違う。だが、人通りなどの雰囲気は変わらないはずだ。

たしかに通行人は少ないが、まったく往来がないというわけではない。学校帰りの子供たちも見かけたし、宅配便の配達人の姿もあった。

丸山が小早川に尋ねた。

「さて、これからどうしますか？」

いつもなら、三宿のメキシコ料理レストランに行くのだが、さすがにまだ時間が早そうだ。小早川が考え込んでいると、梓が言った。

「もし、よろしければ、研究室に戻りませんか？」

誰かがそう言い出すだろうと思っていた。小早川はこたえた。

「もちろんかまいません。それでは、事件についてのまとめをしましょうか」

「まとめ……？」

丸山が怪訝な顔で尋ねた。「それって、この事案についての演習を終えるということですか？」

「そう」

「どうしてです？」

「ゼミ生たちが、どうやら結論を出したようなのでね」

「えっ」

丸山は目を丸くした。「それは、犯人がわかったということですか？」

「それは、研究室に戻って、話し合ってみないと……」

「では、保科係長をお呼びしてもよろしいですか？」

「どうして、保科を？」

「もし小早川さんが、犯人が誰か推理をなさるのなら、必ず立ち会いたいと申しておいでだったので……」

「いいだろう。それなら、目黒署の安斎も呼んでやればいい。彼にもこの件では世話になったからな」

「わかりました」

丸山が携帯電話を取り出した。

研究室に戻ると、ゼミ生たちはテーブルの定位置に座り、小早川は机に向かった。小早川たちが到着した五分後に、安斎がやってきた。さらに、その十分後には保科が駆けつけた。

三人の警察官はオブザーバー席に座った。

まず最初に発言したのは麻由美だった。

「まとめをするって、先生はおっしゃいますけど、私にはまだ事件の全容がわかっているわけじゃないんですよね」

「きっと瀬戸さんも、何か不自然なものに気づいておられると思います」

「それはそうなんですが……」

「そしておそらく、ご自分では意識されていないようですが、犯人が誰か気づいているはずです」

「私が、ですか……」

「あなただけではなく、他の四人も……」

「なんですってえ……」

保科が間延びした口調で言った。「犯人がわかったんですかあ。それはいったい、誰なんですかあ」

「それを発表するにはまず、ゼミ生たちの確信を強める必要があります。そのために、この事案に対するいくつかの疑問点を確認しておきたいと思います」

保科がうなずいた。

「わかりましたあ」

「さて、どんな疑問点があったでしょう」

その質問に梓がこたえた。

「まず、どうして目撃者がいないのか、ということですね」

小早川はうなずいた。

「そうですね。実際に今日、犯行時刻と同じ頃に現場にいたことになりますが、思ったより人通りがありました」

次に蘭子が言った。

「そして、犯人のものらしい靴跡の疑問です。勝手口には侵入したときの靴跡は残っていましたが、出て行ったときのものは残っていませんでした」

「そう。そして、結城元さんの血液を踏んだと思われる犯人の靴跡が室内に残っていました。それは、階段のほう、……つまり、結城多美さんの殺害現場のほうに向かっていましたが、唐突に消失していました」

蘭子がその小早川の言葉を受けて言った。

「その状況から見て、犯人は室内で靴を脱いだらしいということでしたね」

「そう」

梓が言った。「そして、靴を脱いだまま勝手口から逃走したので、勝手口から出たときの靴跡が残らなかった……。跡が残らないように靴を脱ぐというのは、冷静だったことを物語っていて、犯人が動転していたという当時の捜査本部の考えと矛盾しているのではないか。そういうことでしたね」

それを補うように、また蘭子が言った。

「冷静だったのに、どうして何も盗らずに逃走したのか……」

「裸足で逃げたのかしら……」

麻由美がぽつりと言った。蘭子が聞き返した。

「なあに？」

「犯人、靴を脱いで勝手口から出たんでしょう？　裸足で逃走したのかな、と思って……」

「そんなはずはないわよね。家を出てから靴をはいたってことでしょう」

梓が首を捻った。

「靴をはいていたかどうかは別にしても、犯人は血まみれの服を着ていたはずでしょう？　そんな恰好で逃走できるのかしら……」

それに対して麻由美が言う。

小早川は言った。

「近くに車を駐《と》めていたとしたら納得できるわよね」

「しかし、近所に不審な車両が駐まっていたという記録はありません。そういうことは、捜査員たちがつぶさに調べたはずですから」

「犯人は逃走に車を使用したわけじゃないということですね？」

小早川はうなずいた。

「それは、当時の捜査員たちを信じていいと思います」

麻由美が言う。

「なら、犯人はどうやって逃走したわけ？　血まみれの服なのよ。そして、いまだに捕まっていない……。百歩譲って町内で目撃されなかったとしても、逃走の途中誰にも見られないなんて、あり得ないでしょう」

「その点は捜査本部でも問題になったようですね」

丸山が発言した。「あ、すいません。オブザーバーは発言しないほうがいいですね」

小早川は言った。

「かまわないから続けてくれ」

「ええと……、捜査本部では、犯人逃走の状況と、その逃走路についていろいろな意見が出ましたが、結局結論に至りませんでした。現場周辺や最寄りの駅の防犯カメラにも犯人らしい人物の姿は映っていませんでしたし……」

「当時は防犯カメラそのものがそれほど多くはなかったからな」

「はい……」

小早川は、ゼミ生たちに言った。

「今出された疑問点に対する一つのこたえが、すでに提示されているように思えるんだがね」

それを聞いて、ゼミ生たちは互いに顔を見合わせた。

麻由美が言った。

「えー。私にはわかんないんですけど……」

「盗むことが目的ではなかった……」

楓が独り言のように言った。麻由美が楓に尋ねた。

「え、どういうこと？　何を言ってるの？」

「なぜ、犯人は金品を盗まなかったか」

楓がこたえる。「そのこたえ。犯人にはなから盗む気がなかったのだと考えたら、その行動は説明がつくでしょう」

「あんた、前にも同じこと言ってたわよね。でも、空き巣狙いだったんでしょう？　サムターン回しという手口で、勝手口から侵入している」

「空き巣狙いに見せかけることが犯人の目的だった。そして、それは成功して、当時の捜査本部では居直り強盗と考えて捜査を進めた……」

「じゃあ、何が目的だったというの？」

「結城さん夫婦の殺害……」

蘭子が楓に尋ねた。

「結城さん夫婦の殺害を目的として、居直り強盗に見せかけた、ということ？　だとしたら、計画的な殺人ということになる」

楓がうなずく。

「そう考えると、犯人が現場で冷静だったことが納得できると思う」

「だとしたら、想定されていた犯人像と違ってくるわね」

ゼミ生たちは考え込んだ。

小早川は、蓮に尋ねた。

「成瀬さんに、薬のことを尋ねましたね？　それはどうしてですか？」

蓮はおずおずとこたえた。

「あの……。薬のＰＴＰ包装シートが見えたもので……」

「その薬が気になったのですね？」

「ええ」

「どうしてその薬が気になったのですか？」

「林田さんが一時期飲んでいたという薬と同じものだったので……」

「……というと精神安定剤ですか？」

「はい。クロチアゼパムでした」

「つまり、成瀬さんもＰＴＳＤかもしれないということですか？」

「クロチアゼパムは、いろいろな場合に処方されます。高血圧に処方されることもあります。その薬が処方されたからといって、ＰＴＳＤとは限りません」

「しかし、その可能性はある。あなたは、そう考えたのですね？」

「ええ、たしかにその可能性はあります」

小早川はゼミ生全員に向けて言った。

「目撃者がいないという謎、そして、犯人は冷静だったにもかかわらず、何も盗らずに逃げたという謎。それらは、今あなたがたが言われたように、きわめて計画的だったということで説明がつくと思います。さて、ではどういう計画だったのか。それを考えることで、おのずと犯人像が明らかになると思います」

蘭子が言った。

「計画的だったということは、犯行の動機は怨恨か何らかのトラブルですね」

小早川はうなずいた。

「加藤さんは、こう指摘されましたね。いくつかの事件を解決することで、我々は教訓を得た。犯人は外部にではなく、内部にいることが多いという教訓もその一つだ、と……」

梓がうなずいた。

「はい。つまり犯人は身近なところにいることが多いということで、第一発見者の林田さんに会いに行ったんでしたよね」

「そして、二人の隣人に会いに行きました。私は、この事件の犯人も加藤さんが指摘されたように被害者の身近なところにいたと思います。安達さんが言われたように、動機が怨恨か何らかのトラブルなら、犯人は被害者に近しい人物である可能性が高い」

「じゃあ……」

麻由美が目を丸くした。「もしかして、犯人は私たちが会いに行った三人の中にいるということ？」

小早川はほほえんで言った。

「そうですね。そして、おそらく西野さんと戸田さんは、誰が犯人か気づいているのではないかと思います」

その言葉で、楓と蓮はみんなの注目を浴びることになった。

「私と西野さんがですか？」

蓮が戸惑った様子で言った。「私は何も……」

小早川は言った。

「私たちは、三人の事件関係者から直接話を聞きました。その中であなたが特に気になった人が一人だけいるはずです」

蓮が困ったような表情のままこたえた。

「私が気になったのは、成瀬さんが服用しているというクロチアゼパムだけですけど……」

「その薬はＰＴＳＤの症状がある林田さんも服用していましたね？」

「そうです」

「つまり、成瀬さんもＰＴＳＤの可能性があるということですね？」

蓮はしばらく考えてから、慎重な態度で言った。

「可能性は否定できないと思います」

「もし、成瀬さんがＰＴＳＤだとしたら、その原因になるような出来事が過去にあったということですね」

「ええ……」

小早川は次に、楓に尋ねた。

「あなたも、三人の中の一人に、特別なことを感じたようですね」

楓も蓮同様に、慎重な様子で言った。

「特別なこと……？　何のことをおっしゃっているのでしょう」

「西野さんは、武道家ですから、人の反応に敏感なのですね」

「たしかに相手の反応は気になります。例えば、相手に攻撃の意思があるかどうかとか……」

「攻撃の意思があるかどうかは、どうやって判断するのです？」

「相手の緊張の度合いを感じ取ります」

「三人の中で特に緊張を感じた人がいるはずです」

楓は、一瞬考えてからこたえた。

「はい」

「それは誰です？」

「成瀬さんです」

小早川はうなずいてから、梓に言った。

「三人のうち、一人だけ、犯人が誰かを臭わせようとした人がいましたね？」

梓は考えてから言った。

「成瀬さんが、林田さんを札付きの不良だったと言いました」

「他の二人からは、そういう発言はありませんでした。その発言からは、二つのことが考えられます。一つは、本当に林田さんに非行少年だった過去があり、結城さん夫婦とトラブルを起こした可能性。もう一つは、成瀬さんが、我々にそう思わせようとした可能性」

「犯人は林田さんだと考えるように、私たちを誘導しようとした、ということでしょうか」

「その可能性もある、と思います」

麻由美が言った。

「事件現場だった土地を実際に見てからずっと考えてたんだけど……」

小早川が発言の先をうながす。

「何をお考えだったのでしょう」

「犯人は返り血を浴びていたはずなのに、それを目撃した人が誰もいなかった……。逃走するのに車を使ったわけでもない。そんなのあり得ないと思っていたんだけど、一つだけ考えられることがある」

「どういうことでしょう?」

「もし、犯人が隣の家に逃げ込んだと考えたら、すべての条件をクリアできる。現場の家を出るときは、たぶん裸足だったんでしょう? 隣の家なら裸足だって問題ないでしょう」

「なるほど……」

蘭子がうなずいた。「たしかに隣の家に逃げ込むのなら、目撃される危険はきわめて少ないわね。つまり、犯人はお隣の島村さんか成瀬さんの家に逃げ込んだ可能性が高いということね」

「そうですね」

小早川は言った。「安達さんが言うように、考えられる事実は、犯人が隣家に逃げ込んだのかもしれないということだけです。しかし、今指摘したような他の要素を加味すると、自ずと犯人が浮かび上がってくると思います」

麻由美が言った。

「近隣の人は、事件のとき物音を聞いていないと証言したのよね。でも、現場を見て思った。隣の家なら何か聞こえたはずだって……。もしかしたら、隣の人が嘘をついているのかもしれない」

梓がそれに対して言う。

「島村さんのほうは、アリバイが確認されているんでしょう? 家族全員がお店のほうにいたんですよね？　成瀬さんのほうはどうなんでしょう？」

小早川は丸山に尋ねた。

「どうなんだね？」

「ええと……。成瀬さんは一人で自宅にいた、ということになっていますね」

梓がさらに言う。

「成瀬さんは、物音には気づかなかったか、という楓の質問に対して、何も聞いていないし、何も見ていない、とこたえていますね。でも、それは嘘かもしれない。そして、もし、嘘だとしたら……」

蘭子が言った。

「犯行を隠すための嘘、ということになるかもしれないわね」

「ちょっと待ってください」

丸山が眉間にしわを刻んで言った。「それじゃあ、成瀬さんが犯人ということになってしまうじゃないですか」

小早川は言った。

「それが、わがゼミの結論だよ」

「しかし……」

小早川は片手を挙げて丸山を制した。

「我々は、犯人を断定したわけではない。可能性を示したに過ぎない。だが、その可能性は充分に高いと、私は思う」

「近隣の住人については、当然ながら当時の捜査本部が調べたはずです」

「そうだろうね」

「ですから、隣人の成瀬さんが犯人ということはあり得ないと思います」

「そうかもしれない。だが、そうじゃないかもしれない」

麻由美が言った。

「なんだか、はっきりしないんですね」

小早川は麻由美を見てほほえんだ。

「それが継続捜査なんです。暗闇の中を手探りで進むようなものです。そして、かすかな明かりを探していく。証拠品や人々の記憶は、時と共に風化していきます。犯行後証拠はどんどん失われていき、一週間もすれば手に入らなくなります。だからこそ、初動捜査が重要なのです。継続捜査は、初動捜査で入手した証拠や証言をひたすら見直すことしかできないのです」

麻由美が溜め息をつく。

「なんだか、絶望的ですね」

「いや、そうでもありません」

「そうでもない？」

「既存の証拠や証言であっても、見直すことで、新たな発見があるものです。今まで気づかなかったことに気づくこともあるのです。それを見つけることこそが、継続捜査の醍醐味なのです」

「いや、さすがですう」

小早川の言葉に強く反応したのは、麻由美ではなく保科だった。「今のお言葉、肝に銘じておきますぅ」

保科だけでなく、丸山も感動したような顔で言った。

「まさにおっしゃるとおりだと思います。自分は、今の仕事に対する認識を新たにしました」

小早川は苦笑した。

「君たちに言ったわけじゃない。ゼミ生に理解してほしいと思ったんだ」

梓が言った。

「私も、継続捜査がどういうものか、ちょっとだけわかったような気がします」

小早川はうなずいた。

「まだまだゼミは始まったばかりですからね。これからも、いくつかの事案を体験していただくことになると思います」

「しかし……」

保科が言った。「丸山君が言ったとおりい、当時の捜査本部があ、お隣さんについては充分に調べたはずですけどねえ……」

「もちろんそうだろう。だから、成瀬さんが犯人とは限らないんだ」

蘭子が眉をひそめて言った。

「私たちの結論が間違っているとおっしゃるのですか？」

「繰り返しますが、私たちは可能性を示したに過ぎません。仮説に過ぎないのです。被疑者を逮捕することもできないし、被疑者に向かって、あなたが犯人だ、と言うこともできません」

「あとは警察に任せるしかない、ということですね」

「そうです。限られた資料から最大限のことを読み取る。そして、もっとも蓋然性の高い結論を導き出す。そのことを学んでいただきたいのです」

丸山が小早川に言った。

「あのう、よろしいですか？」

「質問か？　何だね？」

「成瀬氏が被疑者である可能性についてはある程度理解できたのですが……。では、どうして当時の捜査本部は、彼を被疑者としなかったのでしょうか？」

「そうですね」

梓が言った。「私もそれを疑問に思います」

同調するように、麻由美が言った。

「警察は捜査のプロよね。私たちが考える程度のことは、当然考えてるわよね」

小早川は、ゼミ生たちに言った。

「どういう理由があったのか。それも調べてみる必要があると思います」

丸山が再び尋ねた。

「何か特別な理由があったということですか？」

小早川はかぶりを振った。

「おそらくそうではないと思う。ほんの小さなズレが積み重なり、大きく道を逸れてしまう。そういうことがしばしば起きるものだ」

「なるほど……」

「ゼミの結論は出た。この結論を参考にするかどうかは、君が決めることだ」

丸山は背筋を伸ばして言った。

「ぜひとも参考にさせていただきます。成瀬氏について、調べ直してみることにします」

小早川は言った。

「それでは、今日はこれで解散にしましょう」

すると安斎が言った。

「このまま夕食に行ってもいい時間ですよね」

小早川は顔をしかめた。

「学生たちは経済的にたいへんなんだ。そうそう頻繁に飲みに行くわけにはいかないんだよ」

すると、保科が言った。

「協力していただいたお礼にい、今日は警察官の三人が払いますよお。それでどうですかあ？」

丸山がうなずいた。

「ああ、それがいい。そうしましょう」

小早川は学生たちに尋ねた。

「君たちの都合はどうですか？」

彼女らは互いに顔を見合った。それから、梓が言った。

「おごってもらえるなら喜んで……」

安斎が言った。

「じゃあ、決まりですね。いつもの店を予約しておきます」

「しょうがないな……」

小早川は言う。「では、私も一口乗るとするか」

一行は研究室を出ると、いつものメキシコ料理レストランに向かった。

一つの結論に達したという満足感があった。学生たちもその気分を共有しているようだった。皆の表情は晴れやかだった。

その日の飲み会の雰囲気は何かに似ていると、小早川は感じた。

ああ、そうか。事件が解決したときの捜査本部の茶碗酒だ。

小早川は、学生たちと三人の警察官の様子を、そんな思いで眺めていた。

「先生……」

右隣の席にいる楓が声をかけてきた。

「何でしょう？」

「先生は、私が成瀬さんを疑っていることに、いち早く気づかれたようでした」

「あなたは、厳しい眼差しを成瀬さんに向けていました。その眼はまさに武道家の眼でした。それを見たとき、何かを感じていると思ったのです」

「成瀬さんはあのとき、不自然に緊張していました」

小早川はほほえんだ。

「武道家の眼は、刑事の眼に似ています。刑事も、相手の緊張感は見逃さないのです。もし、あなたが警察官になったら、優秀な捜査員になれるかもしれませんね」

「今のところ、そのつもりはないのですが……」

「それは残念だ」

それから五日後の月曜日、講義もなく自宅にいた小早川のもとに、丸山から電話があった。

「あ、小早川さんですね」

明らかに興奮している様子だ。

「どうしたんだ？　何かあったのかね？」

丸山がこたえた。

「成瀬が犯行を自白しました。犯人は、ご指摘のとおり成瀬だったんです」

18

「そうか……」

小早川は一呼吸置いてから言った。

ゼミでの結論について、それなりの蓋然性はあると信じていた。だがやはり、実際にそれが的中していたと聞くと感慨があった。

丸山の説明が続いた。

「成瀬は結城元さんから、多額の借金をしていたようです」

「借金か。金銭トラブルが犯行の動機ということか」

「事情はさらに複雑です。成瀬の自宅の土地はもともと結城家の土地の一部でして、事業に失敗した成瀬は土地を売ってその穴埋めにしようとしたようですが、結城がその妨害をしたようです」

「妨害……？　何のために」

「まあ妨害というのは大げさかもしれませんが、大地主ということで地域に対する責任感が強かったのでしょうね」

「すでに土地は成瀬のものなのだろう？　売ろうがどうしようが持ち主の勝手だろう」

「結城元は、地元では顔役だったんですよ。不動産業もやっていて先祖代々の広大な土地を管理していたんです。いまだに、あの周辺の私道は結城家のものだということですし、単純な売買ではなく、近所づきあいなどいろいろ複雑な問題が絡んでいたのでしょう」

「だが、成瀬は金が必要だったんだろう？　だとしたら、結城元が何を言おうと家と土地を処分するしかなかったはずだ」

「結城元は、金を貸すと言ったそうです。それで成瀬の会社はなんとか持ちこたえたんですが、結局借金が嵩《かさ》む結果になって……」

「それがトラブルに発展したということか……」

「そういうことのようですね。事件当時、そうした事実はあまり顧みられず、トラブルが表面化しなかったようです」

「それで、捜査本部は成瀬の犯行を疑わなかったというのか？」

「早い段階で、空き巣狙いの居直り強盗という方針を立ててしまったので、成瀬に眼がいかなかったのかもしれません」

「きっと疑っていた捜査員もいたはずだ」

「そうですね。でも、そういう意見は少数派だったのでしょう」

「捜査というのは多数決ではない」

「もちろんです。でも、時としてそういうことが起きるわけです」

「もしかしたら、この事案が長い間未解決だった背景には、そうした捜査方法のちょっとした間違いや捜査員同士のボタンの掛け違いがあったのかもしれないな……」

「あってはならないことですが、そういうことが起きることもあります」

「捜査員も人間だからな。それに、一度捜査の方針が立ってしまうと、他のものが見えなくなることもある。すべてがうまくいっていたら、この事案も早期に解決していたはずだ」

「ともあれ、お陰様をもちまして、無事に解決いたしました。これから送検します」

「ごくろうだった」

小早川は電話を切った。


ゼミの当日、いつものように、最初にやってきたのは麻由美だった。栗色の長い髪をかきあげ、彼女は楕円形のテーブルの十時の位置に座る。

彼女は今日も少々露出過多の服装だ。こういう学生によこしまな感情を抱いて人生を棒に振った教員がいるということだから、気をつけなければならない。

二番手は蘭子だ。すらりと長身の彼女は、今日もパンツ姿で颯爽《さっそう》としている。テーブルの六時の席に腰を下ろした。

次にやってきたのは蓮だ。彼女は伏し目がちで、行動はいつもひかえめだ。彼女は、八時の席に座る。

勢いよくドアが開き、姿を見せたのは梓だ。彼女は駆けてきたらしく、息を切らしている。活動的で、いつも潑剌《はつらつ》としている。どうやらこのゼミのリーダー的存在であるのは間違いなさそうだ。

彼女は二時の席に座る。

最後に現れたのは楓だ。梓とは対照的に、落ち着き払っている。背筋はぴんと伸び、所作に無駄がない。彼女は、四時の席に座った。

部屋にやってくる順番も、座る位置もいつもと同じだった。

小早川は言った。

「一昨日、警視庁の丸山君から電話がありました。事件が解決したそうです」

梓が尋ねる。

「それで、犯人は……？」

小早川はほほえんだ。

「皆さんの結論どおりでした」

麻由美が驚いた顔で言う。

「じゃあ、お隣の成瀬が犯人？」

「自白したそうです」

「へえ……」

小早川は、丸山から聞いた経緯をみんなに話した。

「……というわけで、みなさんが導き出した結論は真実を言い当てたということになります」

梓が言う。

「理屈では隣人以外に犯人はあり得ないと思っていましたが、実際にそうだと聞くと、何だか意外な気がします」

「私にもそういう経験があります。駆け出しの刑事の頃、自分の読み通りの犯人が検挙されると、してやったりという気持ちと同時に、本当に間違っていないのだろうかという気がしたものです」

蘭子が言った。

「灯台もと暗しとはよく言いますが、そのとおりだったということですね」

麻由美が言う。

「それにしても、成瀬が犯人だってことに、当時の捜査本部が気づかなかったなんてね……。警察が頼りなく思えるわね」

「それも捜査というものの難しさの一つです。私たちは、一歩離れたところから事件を見つめ直すことができました。だから、理論的に考えることができたのです。一方捜査本部の捜査員たちは、言わば鞭を当てられた馬車馬のようなものです。幹部が立てた方針のもと、一心不乱に犯人を追うのです。この事件の場合、早くから空き巣狙いが犯人だという捜査方針が立てられていたようですから、なかなか他の見方ができなかったということなのだと思います」

「先入観があったということですか？」

麻由美の問いに、小早川はうなずいた。

「そうですね。あってはならないことですが……」

梓が楓に言った。

「それにしても、さすがに武道家ね。直感で犯人を当てたということになるのよね」

楓がまっすぐな姿勢を保ったままこたえる。

「犯人を当てたわけじゃない。成瀬の緊張を感じ取っただけ」

「それでもやっぱり、たいしたもんだわ。それに、蓮。よく薬に気づいたわよね」

蓮は顔を赤くして、小さな声でこたえる。

「薬があるとすぐに眼がいくし、それが何か気になるので……」

「薬学をやればいいのに」

「私、数学が全然だめなの。理系は無理」

「なるほどねえ」

「さて……」

小早川は言った。「これで私たちは事件を一つ解決したことになります」

すると、梓が言った。

「一つじゃなくて、三件ですよね。バレーボールシューズの件と、加工した画像の件がありました」

「そうですね。今後もこのようにして、実際の事件を題材に演習を続けていきたいと思います。みなさんが、犯罪捜査にさらに興味をお持ちになり、将来、それに関わる職業に就いてくださるとうれしいのですが……」

今のところ、ゼミ生たちにその気はなさそうだ。

ドアをノックする音が聞こえた。小早川は反射的にこたえた。

「どうぞ」

ドアが開くと、安斎が顔を出した。小早川は言った。

「何だね。ゼミの最中なんだがね……」

「あ、存じております。お邪魔ならすぐにおいとまします」

「あら、いいじゃない」

麻由美が言った。「いつもオブザーバーをやってくれているんだから……」

その言葉に気をよくしたらしい安斎が言う。

「見事事件を解決されたそうですね。いや、たいしたものです。お祝いを申し上げようと思いまして……」

「お祝いというのは変だろう」

「それとですね、次の課題が必要だろうと思いまして、未解決事件を見つくろって資料を持ってきたのですが……」

「セールスマンみたいなことを言うんじゃない。不謹慎だぞ」

「すいません」

それを聞いて蘭子が言った。

「でも、次の課題が必要なのは確かですよね」

「まあ、それもそうですね」

小早川は言った。「取りあえず安斎君に入ってもらうことにしましょう」

安斎はうれしそうな顔で入室してきて、いつものオブザーバー席に腰を下ろした。彼は、ゼミ生たちとの飲み会を期待しているのだろう。

「じゃあ、持ってきた事案というのを紹介してもらおうか」

小早川が安斎にそう言ったとき、再びノックの音が聞こえた。まさかと思いながら、小早川は言った。

「どうぞ」

案の定、丸山が顔を出した。その後ろには保科の姿もある。

小早川はあきれた顔で言った。

「いったい、どうしたというんだ」

丸山が言う。

「いやあ、事件解決に協力していただいたお礼を言いたくて……。ゼミのときなら皆さんおそろいだと思いまして……」

保科もそれに続いて言った。

「さすがにい、小早川さんが指導されている学生さんたちですねえ。感心しましたあ」

小早川は時計を見た。

ゼミの残り時間も少ない。

「お祝いというのなら、学生たちにごちそうしてやってください」

丸山がうなずいた。

「もちろんです」

麻由美が言った。

「じゃあ、いつものメキシカンじゃなくて、ちょっと高級なレストランがいいわね」

保科が言った。

「だいじょうぶですよお。任せてくださいねえ」

ゼミ生たちが相談して、食事する店を決めた。どうやら三軒茶屋《さんげんぢゃや》のイタリアンレストランのようだ。

「では、出かけようか」

最初に警察官たち、その次は学生たちが研究室を出て行った。小早川が部屋を出たとき、廊下で、竹芝教授に会った。

小早川は声をかけた。

「あ、どうも」

「これからお出かけですか？」

「ええ。最初の課題が一段落したので、その打ち上げですね」

「いいですね」

「その後、あの二人の学生たちはどうしています？」

「以前と変わりませんよ」

「それはよかった」

「罰として二人に、短編小説の創作の課題を出しました」

そう言って竹芝教授は、くすりと笑った。小早川も思わずほほえんでいた。

「将来有望なゼミ生がいていいですね」

「おたくのゼミ生こそ……。五人ともとても優秀に見えます。それにみんな美人だ」

その竹芝の言葉に、小早川は声をひそめた。

「それを言うと、セクシャルハラスメントで問題になりますよ」

「そうですね。女子大勤めも楽じゃない」

「そうだ。どうです、今度合同コンパでも」

「悪くないですね」

そのとき、麻由美の声が聞こえた。

「先生、エレベーター来ましたよ」

小早川は竹芝に言った。

「では、失礼します」

すでに皆はエレベーターに乗って待っていた。

一行が向かったのは、路地裏にある小さな店だった。テーブルを寄せて席を作ると、ほとんど貸し切りのような状態になった。

「ここは、麻由美がよくデートで使ったお店なんですよ」

梓が言うと、安斎がすぐさま反応した。

「デート？　やっぱ、彼氏がいるんですね？」

麻由美がこたえる。

「とっくに別れたわ。今はフリーよ」

安斎や丸山が、なぜかほっとしたような顔をした。

それを見て小早川は少々不愉快な気持ちになった。おそらく、ゼミ生たちの父親のような気持ちなのだろう。

大切なゼミ生たちに、おまえらが手を出したら許さんぞ。

小早川はそんなことを密かに思っていた。

「じゃあ、事件解決を祝って、乾杯」

梓が言った。

グラスを合わせる澄んだ音が響いた。

初出　「週刊現代」二〇一五年七月二十五日・八月一日合併号～
二〇一六年五月七日・十四日合併号

今野 敏（こんの・びん）
1955年北海道生まれ。上智大学在学中の1978年「怪物が街にやってくる」で第４回問題小説新人賞を受賞。卒業後、レコード会社勤務を経て、作家業に専念する。2006年『隠蔽捜査』で第27回吉川英治文学新人賞、2008年『果断　隠蔽捜査２』で第21回山本周五郎賞、第61回日本推理作家協会賞を受賞。「空手道今野塾」を主宰し、空手、棒術を指導。他の著書に「東京湾臨海署安積班」シリーズ、「同期」シリーズなど。近著に『防諜捜査』『真贋』『去就　隠蔽捜査６』などがある。

継《けい》続《ぞく》捜《そう》査《さ》ゼミ

第一刷発行　二〇一六年十月十八日

著者　今野《こんの》敏《びん》
発行者　鈴木哲
発行所　株式会社講談社
東京都文京区音羽二―一二―二一　〒一一二―八〇〇一
電話　出版　〇三―五三九五―三五〇五
　　　販売　〇三―五三九五―五八一七
　　　業務　〇三―五三九五―三六一五

印刷所　凸版印刷株式会社
製本所　黒柳製本株式会社

定価はカバーに表示してあります。

Printed in Japan　ISBN978-4-06-220239-8
N.D.C.913 334p 20cm